U0513797

阳春白雪

【元】杨朝英 编
冯 裳 点校 集评

上海古籍出版社

图书在版编目(CIP)数据

阳春白雪 /（元）杨朝英编；冯裳点校、集评. —
上海：上海古籍出版社，2019.9（2023.6重印）
（国学典藏）
ISBN 978-7-5325-9252-4

Ⅰ.①阳… Ⅱ.①杨… ②冯… Ⅲ.①散曲—作品集
—中国—元代 Ⅳ.①I222.9

中国版本图书馆 CIP 数据核字(2019)第 104267 号

国学典藏
阳春白雪
［元］杨朝英 编
冯 裳 点校 集评
上海古籍出版社出版发行
（上海市闵行区号景路159弄1-5号A座5F 邮政编码 201101）
（1）网址：www.guji.com.cn
（2）E-mail：guji1@guji.com.cn
（3）易文网网址：www.ewen.co
江阴市机关印刷服务有限公司印刷
开本 890×1240 1/32 印张 6.75 插页 5 字数 160,000
2019 年 9 月第 1 版 2023 年 6 月第 3 次印刷
印数：4,201—5,300
ISBN 978-7-5325-9252-4

I·3396 定价：35.00 元

前　言

冯　裳

一

散曲是元代形成的新型诗歌体裁，从其中的"曲"字可以看出，这是一种合乐的歌词。它的问世与成熟，是诸多因素和条件综合影响的结果。

产生于唐而在宋代高度发展的词，本具有先天的自娱性与娱众性，为乐府传统在那一时代的嫡嗣和代表。笔记所谓"凡饮井水处即能歌柳词"(叶梦得《避暑录话》)，便清楚地反映出早期词为社会所受容与欢迎的盛况。然而到了南宋后期，宋词日益典雅化、案头化，成为文人摅怀逞才的私人专利，且由于渐离社会现实及片面追求形式美的流风影响，在内容上也越来越疏远了与平民受众的旧有联系。"倚声填词"的"声"，从原初的音乐意义转变为专指平仄声调的格律，这样一来，宋词便基本上成了一种囿制于高堂之中、"不复被之弦管"的纯吟诵体裁。尽管被词人在创作时所摒弃的词牌乐调于民间尚未完全失传，但平民百姓对宋词的娱众性能已失去了指望。本书中根据燕南芝庵《唱论》"近世所谓大曲"的叙述，于开卷伊始收列了苏轼《念奴娇》、晏幾道《鹧鸪天》等 10 首词作，引为散曲"乐府"的同调，便不无念旧的意味，反映出"近世"可歌的词作已属凤毛麟角。而且仔细分析起来，宋词在之前从无"大曲"的说法；从入选者如此寥寥，尤其是其中〔望海潮〕、〔春草碧〕、〔石州慢〕推举金词为代表的情形来看，这些"大曲"的配乐显然已非宋词的原创，很可能是金元人在“大晟乐府”乐谱记录亡佚后的重新谱写，其词牌不过成为该首词作的符号而已。这就如同当今歌坛上虽犹演出岳飞《满江红·怒发冲冠》与苏轼《水调歌头·明月几时有》，而音乐已非古调，人们也不会用这两支乐曲去演唱相同词牌的其他词作。

平民百姓是社会生活中最活跃的因素，自然也是新兴诗体的开发者。就在南宋词坛患上自闭症、失却当年蓬勃英气的同时，在北方金元统治下的中原地区，民间小曲却异军突起，风靡城乡。金人刘祁在《归潜志》中说：“唐以前诗在诗，至宋则多在长短句。今之诗，在俗间俚曲也。”从中可见“俚曲”的强劲风势。民间小曲除了中原本土的民歌俗曲外，还吸收了所能得到的一切养料，包括宋词的余音与影响，北方兄弟民族的乐曲与乐歌，以及曲艺、说唱等等。本书所收的燕南芝庵《唱论》写道：

> 凡唱曲有地所：东平唱〔木兰花慢〕，大名唱〔摸鱼子〕，南京(指汴梁)唱〔生查子〕，彰德唱〔木斛沙〕，陕西唱〔阳关三叠〕、〔黑漆弩〕。

可见“唱曲”风尚弥漫之广。其中〔木斛沙〕(即“穆护砂”)源自北朝西域景教歌曲；〔阳关三叠〕源自唐诗，〔木兰花慢〕、〔摸鱼子〕、〔生查子〕源自宋词，〔黑漆弩〕源自金词，又可见民间歌唱的取精用宏。“唱曲有地所”并不意味着歌曲受到地域的囿制，《唱论》之意，是说某地特以某曲的传唱著称于时，恰恰反映了“唱曲”在整个北方地区流行的事实。民间对流行歌曲的喜爱与需要，直接导致了散曲的产生。

受到金元外来民族的影响，北方地区以弦索为主要乐器。弦乐器在伴奏演唱时须配合人声，于是产生了对“宫调”即主音调式的讲求。民间在“唱曲”的实践中，于宫调的采用逐步约定化，规范为“六宫十一调”，这便是日后散曲曲牌例标宫调名称的起因。民间的歌人又接受“诸宫调”说唱形式的影响，将音乐上互相衔接的单支歌曲联缀在一起，形成“带过曲”和“套数”。《唱论》所谓“成文章曰乐府，有尾声名套数，时行小令唤叶儿”，表现了民间小曲在演唱上的探索与翻新。

民间小曲以其清新活泼的风调与贴近生活的表现内容一新耳目，吸引了文人的注意。也正是由于文人的加入，散曲这种新兴的诗歌体裁才得以完成。换言之，文人利用民间传唱的小调、新曲，依宋词的创作惯性倚声填词，而被之管弦，发之歌咏，供人歌唱而非单供吟诵，这就是最初的散曲。除了供歌人清唱外，文人还运用散曲的宫调与联缀演唱方式编写故事提供伶人演出，对原先宋杂剧、金院本舞台表演的演唱部分加以规范，形成了元杂剧。元杂剧的曲词同散曲合称元曲，而两者的成熟时间则以散曲居先。

然而元散曲之所以能在诗歌史上雄起，成为继唐诗、宋词之后的又一座艺术高峰，却与音乐的因素无干，而在于它自身的特长。一言以蔽之，即是散曲拥有并体现了民间语言——白话的独家优势。所谓“诗庄词媚曲俗”，“俗”正是这一优势的产物。诚然，散曲并不纯以白话作成，但正因如此，它便取得了在文学语言与民间生活语言间纵横捭阖的绝大自由。曲除了“俗”以外，也能“庄”，也能“媚”，而这种“庄”或“媚”又往往带有“别是一家”的色彩。这一切使它跳脱出诗词“大雅之堂”的窠臼，从而也大大地丰富了诗歌领域的表现内容。与这种自由化、个性化的解放相适应，元曲在格律和字句上也有较大的自由，如韵部放宽、入派三声、平仄通押、不避重韵、活用衬字等，尤其是衬字的加入，更是将白话的优势发挥得淋漓尽致。

当然，散曲能在短短的有元一代产生、成长并高度繁荣，同元代社会条件的外部因素也有莫大关系。元初推行汉法，使元蒙的外来政权迅速完成了从落后的游牧旧制向汉族政权体制的大一统王朝的过渡，生产力得到恢复，城市经济繁荣，造成了市民阶层的壮大；而市民阶层的意识与趣味，自为散曲注入了内部的血液与活力。元代封建传统观念的束缚与控制较为松动，客观上纵容了散曲在表现意识上的离经叛道倾向。更重要的是，像元代这样的社会，不可避免地存在着等级压迫、民族压迫与社会的黑暗弊端，以致不仅是身受苦难的下层百姓，就连汉族的高官通儒也时时产生着倾吐抑塞愤懑的强烈愿望。而元代的读书士子失去了传统的科举仕进机会，同下层人民有了更充分的接触与交流，对曲这种起于民间的新兴文学体式，在感情上便易于接受，并使之成为反映现实、抒发感情的最为得心应手的工具。中国诗词的传统在元代并未断裂，而元曲却终成为元代文学的主流，这是不令人奇怪的。

二

散曲的兴起和特征已如上述，而它在作品的流传与保全上，也有自己的特点。

诗、词传世，不会遇到太大的困难。它们都是封建文人言志抒感的正宗手段，文人抛付心力，在创作诗词时即有强烈的行世动机，并成为个人结集的主要内容。除了编集梓行外，诗人、词人还通过酬赠、结社、题壁、刻石等种种方式来扩大作品影响。而且由于诗、词属于吟诵的体裁，自唐代起社会上就形成了一种习惯和风气，即将获得的佳作以文字互相传抄，许多著名诗人的作品甫经脱稿，数日内即可不胫而走，甚至远播遐方。因而时人或后人编辑总集，取径是比较方便的。

散曲却并不相同。早期的文人尽管染指其间,却多属乘兴消遣,当筵一曲,随作随弃。即使保存了原稿,也很少会郑重其事地收入自己的文集中。甚至到了散曲风靡南北的鼎盛时期,这种情形也不罕见。如《录鬼簿》(曹楝亭本)“陈无妄”条:

公于乐府、隐语,无不用心。……天历二年三月,以忧卒,其弟彦正殡葬之。乐府甚多,惜乎其不传也。

朱凯《录鬼簿序》:

大梁钟君继先,号丑斋。……乐府小曲,大篇长诗,传之于人,每不遗稿,故未能就编焉。

钟嗣成在《录鬼簿》中记道:

虽然,其或词藻虽工,而不欲出示……故有名而不录。

近人章荑荪《词曲讲义》亦云:

《录鬼簿》“前辈名公乐章传于世者”,录四十五人,谓“高才重名,亦于乐府用心”。而检其集中,百不存一,此美玉碱砆,自辨于心耳。而元人《阳春白雪》、《太平乐府》,凿凿系其名焉,抑珊瑚网及,文以人传乎?

元代曲家自辑曲作的情形确实十分罕见,现世可见的,仅有张养浩《云庄乐府》、张可久《小山乐府》、乔吉《梦符散曲》三种,多为明人所梓。亡佚的散曲别集，据《录鬼簿》、《录鬼簿续编》统计，尚有曾瑞《诗酒余音》、吴弘道《金缕新声》、顾德润《九山乐府》等七种，其中仅有吴、顾两人的别集于生前梓行。由此可知，元人要编当代的散曲总集，不能指望于作者或现成的文字材料，唯一有效的方法是在社会上收集口传的曲作。这与诗词总集的编集常法是迥然不同的。

如本书中收录了阿里西瑛的《双调·殿前欢》，曲文云：

> 懒云窝，醒时诗酒醉时歌。瑶琴不理抛书卧，尽自磨陀。想人生待则么？富贵比花开落，日月似撺梭过。呵呵笑我，我笑呵呵。

而在三十多年后所编的《太平乐府》中，此作曲文为：

> 懒云窝，醒时诗酒醉时歌。瑶琴不理抛书卧，无梦南柯。得清闲尽快活。日月似撺梭过，富贵比花开落。青春去也，不乐如何。

两者大同小异，却与散曲"重头"小令的作法不侔。后曲未见比前曲高明，亦不存在作者重新改定的可能，只能说明曲子经传唱后出现了异文。阿里西瑛是本书编者杨朝英的友人，过从甚密，杨朝英即有对友人此作的和篇。杨朝英在本书中仅收录阿里西瑛两首曲作，至编《太平乐府》时方重增五首。这个例子，更可说明编集者汇录群作，执行的是一种"采风"式的方法。

歌词一经与音乐结合提供歌唱，便易于记诵，为采集提供了方便。散曲总集在辑录曲文之外，往往还能精确地标示作者姓名，反映了民间对所唱散曲的重视(自然也有"文以人传"或作者误植的情形)。因而,元代散曲总集的编集,除了为后人保留了大量珍贵的原作外,还提供了散曲在有元一代濡染城乡、历久不衰的社会信息。

三

《阳春白雪》,全称《乐府新编阳春白雪》,便是现存最早的一部散曲总集,约成书于元仁宗皇庆、延祐年间(1314 年左右)。

编者杨朝英,字英甫,号澹斋,青城(今四川灌县)人,家于龙兴(今江西南昌)。成宗元贞(1295—1297)间曾官郡守、郎中,不久即隐退家居。他继《阳春白雪》后,于顺帝至正十一年(1351)又推出第二部散曲总集《朝野新声太平乐府》(习称《太平乐府》),得年当在八十岁以上。杨朝英本人亦是散曲作家,其所作今存小令 27 首,尽管曾受曲家周德清訾议,时人却似有较高的评价,如杨维桢即有"士大夫以今乐府成鸣者,奇巧莫如关汉卿、庾吉甫、杨澹斋、卢疏斋"(《周月湖今乐府序》)之说,朱权《太和正音谱》亦谓"杨澹斋之词如碧海珊瑚"。成书于至顺元年(1330)的钟嗣成《录鬼簿》及元末贾仲明的《录鬼簿续编》,在著录元曲作家时未列其名,当是因杨朝英久隐南方的缘故。

《阳春白雪》书前原列《阳春白雪选中古今姓氏》,达 78 人之众,贯云石《阳春白雪序》亦谓"澹斋杨朝英选词百家",可见搜辑之勤。勤搜百家,自然内容丰富,书中小令、套数两兼,写景、言情、咏物、叹世、感怀、乐隐等诸般题材皆备,风格上也表现出清丽、豪放、尖巧、谐趣等种种特色,基本上能反映出元代散曲曲坛的大概风貌。然而,正因为编者以搜辑为主,便不能过多考虑采择,不免有后人所谓"贪收之广者,或不能摘其精粗;既成之速者,或不暇考其讹舛"(明张禄《词林摘艳序》)的不足。元散曲的众多名篇,如杜仁杰《耍孩儿·庄家不识勾栏》、关汉卿《一枝花·不伏老》、马致远《夜行船·

秋思》、睢景臣《哨遍·高祖还乡》等，在书中均失收，直到编者再辑《太平乐府》时方始编入。《太平乐府》增补散曲作品一千二百首（套数作一首计），为本书一倍有余，但它无疑是在本书编辑经验及发行影响的基础上再接再厉的结果。杨朝英之后，元吴弘道编有《曲海丛珠》，朱凯编有《升平乐府》，无名氏编有《乐府群玉》、《乐府新声》（后两种今存）；明人更有《乐府群珠》、《盛世新声》、《词林摘艳》、《雍熙乐府》等曲总集行世，增收元人散曲曲作一千三百首以上。虽不能断定它们的编集动机直接受本书启发，但本书的开先首倡之功是无容置疑的。

《阳春白雪》及一大批散曲总集的问世，标志着中国文学艺术宫殿中散曲殿堂的建成。值得注意的是，杨朝英等人的热心与努力，不止是为散曲这一新兴的诗歌体裁摇旗呐喊，更是为已经涌动着的离经叛道的社会思潮推波助势。因此，对于现代读者来说，本书不仅可以提供散曲作品的艺术欣赏，还能从散曲外部因素向内部因素转化的过程中，得到对历史、社会及人生的种种启发和感受。

《阳春白雪》的版本系统主要有四种：徐乃昌影刻钱塘丁氏八千卷楼藏元刊十卷本；元刊残存二卷本；南京图书馆藏明钞九卷本；罗振玉藏明钞六卷本。四者所收曲作及编次皆互不相同，合收套数七十余首，小令四百余首，然而所收作家，较之《阳春白雪选中古今姓氏》所列者，缺少二十四人之多，可见完整的《阳春白雪》原本今已不存。其中元刊残存二卷本二卷所收，数量足当其他三种的三至四卷，可能最接近原作。四种本子在体例上也较随意，存在着错简、正文与目录不符及作者姓名称呼不一的情形。今人任中敏先生对十卷本、隋树森先生对九卷本分别曾于校订，尤其是隋先生《新校九卷本阳春白雪》，以元刊十卷本、残存二卷本及今存的各种元明散曲总集对九卷本进行校勘，且将九卷本所无的《阳春白雪》他本小令四十一首、套数一首辑为附录，成为今存《阳春白雪》的最为完备的本子。

这次出版的《阳春白雪》，即在隋先生新校九卷本考订成果的基础上进行。因为是提供给当代读者的散曲知识读物，除重新标点外，在体例上也作了一些更符现代阅读习惯的改动，包括按宫调、曲牌统一调整编序、规范曲作者署名、统一作品排式等。对少量曲文的明显讹误，则根据《全元散曲》径改。关于题目、作者的不同说法，附于曲后，用〇表示；曲文的本事、后人的评论等，酌加采入，作为"集评"附于曲后，以助阅读时参考。书中部分曲作在元明其他总集中题目有异，乃传唱时代、地所之不同所致，恰可代表民间或文人对该曲意旨的理解，故亦予以采录。

目　录

阳春白雪序

盖士尝云:“东坡之后,便到稼轩。”兹评甚矣。然而比来徐子芳滑雅、杨西庵平熟,已有知者。近代疏斋媚妩,如仙女寻春,自然笑傲;冯海粟豪辣灏烂,不断古今,心事天与;疏翁不可同舌共谈;关汉卿、庾吉甫造语妖娇,却如小女临杯,使人不忍对殢。仆幼学词,辄知深度如此。年来职史稍稍遐顿,不能追前数士,愧已!澹斋杨朝英选词百家,谓《阳春白雪》,征仆为之引。吁!《阳春》《白雪》久亡音响,评中数士之词,岂非《阳春》《白雪》也耶!客有审仆曰:“适先生所评,未尽选中,谓他士何?”仆曰:“西山朝来有爽气。”客笑,澹斋亦笑。酸斋贯云石序。

卷　一

唱　论

燕南芝庵

盖闻古之善唱者三人：韩秦娥、沈古之、石存符。

帝王知音律者五人：唐玄宗、后唐庄宗、南唐李后主、宋徽宗、金章宗。

三教所唱，各有所尚：道家唱情，僧家唱性，儒家唱理。

大忌郑卫之淫声续雅乐之后。丝不如竹，竹不如肉，以其近之也。又云：取来歌里唱，胜向笛中吹。

近世所谓大乐：苏小小《蝶恋花》，邓千江《望海潮》，苏东坡《念奴娇》，辛稼轩《摸鱼子》，晏叔原《鹧鸪天》，柳耆卿《雨霖铃》，吴彦高《春草碧》，朱淑真《生查子》，蔡伯坚《石州慢》，张三影《天仙子》也。

歌之格调：抑扬顿挫、顶叠垛换、萦纡牵结、敦拖呜咽、推题宛转、摇欠遏透。

歌之节奏：停声、待拍、偷吹、拽棒，字真、句笃、依腔、贴调。

凡歌一声，声有四节：起末、过度、揾簪、攧落。

凡歌一句，句有声韵：一声平，一声背，一声圆。声要圆熟，腔要彻满。

凡一曲中，各有其声：变声、敦声、杌声、啀声、困声。

三过声，有偷气、取气、换气、歇气、就气，爱者有一口气。

歌声变件，有慢、滚、序、引、三台、破子、遍子、攧落、实催。全篇尾声有赚煞、随煞、隔煞、羯煞、本调煞、拐子煞、三煞、七煞。

成文章曰乐府，有尾声名套数，时行小令唤叶儿。套数当有乐府气味，乐府不可似套数。街市小令，唱尖歌倩意。

凡唱曲之门户，有小唱、寸唱、慢唱、坛唱、步虚、道情、撒炼、带烦、瓢叫。

凡歌曲所唱题目，有曲情、铁骑、故事、采莲、击壤、叩角、结席、添寿，有宫词、禾词、花词、汤词、酒词、灯词，有江景、雪景、夏景、冬景、秋景、春景，有凯歌、棹歌、渔歌、挽歌、楚歌、杵歌。

凡歌之所：桃花扇，竹叶樽；柳枝词，桃叶怨；尧民鼓腹，壮士击节；牛僮马仆，闾阎女子；天涯游客，洞里仙人；闺中怨女，江边商妇；场上少年，阛阓优伶；华屋兰堂，衣冠文会；小楼狭阁，月馆风亭；雨窗雪屋，柳外花前。

大凡声音各应于律吕，分于六宫十一调，共计十七宫调：

仙吕宫唱清新绵邈，南吕宫唱感叹伤悲，中吕宫唱高下闪赚，黄钟宫唱富贵缠绵，正宫唱惆怅雄壮，道宫唱飘逸清幽，大石唱风流酝藉，小石唱旖旎妩媚，高平唱条畅滉漾，般涉唱拾掇坑堑，歇指唱急并虚歇，商角唱悲伤宛转，双调唱健捷激袅，商调唱凄怆怨慕，角调唱呜咽悠扬，宫调唱典雅沉重，越调唱陶写冷笑。

有子母调，有姑舅、兄弟。有字多声少，有字少声多，所谓一串骊珠也。比如〔仙吕·点绛唇〕、〔大石·青杏儿〕，人唤作杀唱的刽子。

有爱唱的，有学唱的，有能唱的，有会唱的。有高不揭，低不咽；有排字儿、打截儿、放褙儿、唱意儿，有明褙儿、暗褙儿、长褙儿、短褙儿、碎褙儿。

一曲入数调者，如〔啄木儿〕、〔女冠子〕、〔抛球乐〕、〔斗鹌鹑〕、〔黄莺儿〕、〔金盏儿〕类也。

凡唱曲有地所：东平唱〔木兰花慢〕，大名唱〔摸鱼子〕，南京唱〔生查子〕，彰德唱〔木斛沙〕，陕西唱〔阳关三叠〕、〔黑漆弩〕。

凡歌之所忌：子弟不唱作家歌，浪子不唱及时曲，男不唱艳词，女不唱雄曲，南人不曲，北人不歌。

凡人声音不等，各有所长。有川嗓，有堂声，皆合被箫管。有唱得雄壮的失之村沙，唱得蕴拭的失之乜斜，唱得轻巧的失之闲贱，唱得本分的失之老实，唱得用意的失之穿凿，唱得打掐的失之本调。

凡歌节病，有唱得困的、灰的、馋的、叫的、大的，有乐官声、撒钱声、拽锯声、猫叫声，不入耳、不着人、不撒腔、不入调，工夫少、遍数少、步力少、官场少，字样讹、文理差，无丛林、无传授，嗓拗、劣调、落架、漏气。

有唱声病：散散、焦焦、干干、洌洌、哑哑、嗄嗄、尖尖、低低、雌雌、雄雄、短短、憨憨、浊浊、赸赸。有格嗓、囊鼻、摇头、歪口、合眼、张口、撮唇、撇口、昂头、咳嗽。

凡添字节病：则他、兀那、是他家、俺子道、我不见、兀的、不呢，一条了、唇撒了、一片了、团圞了、破孩了、茄子了。

先唱的金门社，押班的无对硫。

词山曲海，千生万熟。三千小令，四十大曲。

大　乐

念奴娇

苏　轼

大江东去，浪淘尽、千古风流人物。故垒西边人道是，三国周郎赤壁。乱石穿空，惊涛拍岸，卷起千堆雪。江山如画，一时多少豪杰。　　遥想公瑾当年，小乔初嫁了，雄姿英发。羽扇纶巾谈笑间，樯橹灰飞烟灭。故国神游，多情应笑，我早生华发。人生如梦，一樽还酹江月。

【集评】

明俞彦《爰园词话》：子瞻词无一语着人间烟火，此大罗天上一种，不必与少游、易安辈较量体裁也。

〔商调〕蝶恋花

妾本钱塘江上住，花落花开，不管流年度。燕子衔将春色去，纱窗几阵黄梅雨。　　斜插犀梳云半吐，檀板轻敲，唱彻黄金缕。望断彩云无觅处，梦回明月生南浦。

【集评】

宋何薳《春渚纪闻》：司马才仲（槱）初在洛下昼寝，梦一美姝牵帷而歌曰“妾本钱塘江上住”，云云。才仲爱其词，因询曲名，云是《黄金缕》。且曰：“后日相见于钱塘江上。”及才仲以东坡先生荐应制举中等，遂为钱塘幕官。其廨舍后唐苏小墓在焉。时秦少章（觏）为钱塘尉，为续其词后云“斜插犀梳云半吐”，云云。

〔大石〕鹧鸪天

晏幾道

彩袖殷勤捧玉钟，当年拚却醉颜红。舞低杨柳楼心月，歌尽桃花扇底风。　　从别后，忆相逢。几回魂梦与君同。今宵剩把银釭照，犹恐相逢是梦中。

【集评】

宋胡仔《苕溪渔隐丛话》：晏叔原工于小词，“舞低”云云，不愧六朝宫掖体。

望海潮

邓千江

云雷天堑，金汤地险，名藩自古皋兰。营屯绣错，山形米聚，喉襟百二秦关。鏖战血犹殷。见阵云冷落，时有雕盘。静塞楼头，晓月依旧玉弓弯。　　看看，定远西还。有元戎阃令，上将斋坛。瓯脱昼空，兜零夕举，甘泉又报平安。吹笛虎牙闲。且宴陪珠履，歌按云鬟。未拓兴灵，醉魂长绕贺兰山。

【集评】

金刘祁《归潜志》：金国初，有张六太尉者镇西边，有一士人邓千江者献一乐章《望海潮》云。太尉赠以白金百量，其人犹不惬意而去。词至今传之。

春草碧

吴　激

几番风雨西城陌。不见海棠红，梨花白。底事胜赏匆匆？正自天付酒肠窄。更笑老东君，人间客。　　赖有玉管新翻，罗襟醉墨。望中倚阑人，如曾识。旧梦回首何堪，故苑春光又陈迹。落尽后庭花，春草碧。

○ 金元好问《中州乐府》属完颜畴。

摸鱼子

辛弃疾

更能消几番风雨，匆匆春又归去。惜春长怕花开早，何况落红无数。春且住。见说道、天涯芳草无归路。怨春不语。算只有殷勤，画檐蛛网，尽日惹飞絮。　　长门事，准拟佳期又误。蛾眉曾有人妒。千金纵买相如赋，脉脉此情谁诉！君莫舞。君不见、玉环飞燕皆尘土。闲愁最苦。休去倚危阑，斜阳正在，烟柳断肠处。

【集评】

清谭献《词辨》：权奇倜傥，纯用太白乐府诗法。

〔双调〕**雨霖铃**

柳　永

寒蝉凄切。对长亭晚，骤雨初歇。都门帐饮无绪，方留恋处、兰舟催发。执手相看泪眼，竟无语凝噎。念去去、千里烟波，暮霭沉沉楚天阔。　　多情自古伤离别，更那堪冷落清秋节。今宵酒醒何处？杨柳岸、晓风残月。此去经年，应是良辰、好景虚设。便纵有、千种风情，更与何人说。

【集评】

清刘熙载《艺概》：耆卿《雨霖铃》“念去去”三句，点出离别冷落；“今宵”二句，乃就上三句染之。点染之间，不得有他语相隔，否则警句亦成死灰矣。

〔大石〕**生查子**

朱淑真

年年玉镜台，梅蕊宫妆困。今岁未还家，怕见江南信。

酒从别后疏，泪向愁中尽。遥想楚云深，人远天涯近。

◯ 清沈辰垣《历代诗余》属李清照，明陈耀文《花草粹编》属朱敦儒。

石州慢

蔡松年

云海蓬莱，风鬟雾鬓，不假梳掠。仙衣卷尽云霓，方见宫腰纤弱。心期得处，世间言语非真，海犀一点通寥廓。无物比情浓，觅无情相博。　离索。晓来一枕余香，酒病赖花医却。滟滟金樽，收拾新愁重酌。片帆云影，载将无际关山，梦魂应被杨花觉。梅子雨疏疏，满江干楼阁。

【集评】

金刘祁《归潜志》：蔡丞相伯坚尝奉使高丽，为馆妓赋《石州慢》云。萧闲（蔡松年）之浑厚可人，然“仙衣”二句不免为人疵议之矣。

〔中吕〕天仙子

张　先

水调数声持酒听，午醉醒来愁未醒。送春春去几时回？临晚镜，伤流景，往事悠悠空记省。　沙上并禽池上暝，云破月来花弄影。重重翠幕密遮灯，风不定，人初静，明日落红应满径。

【集评】

宋吴幵《优古堂诗话》：张子野长短句“云破月来花弄影”，往往以为古今绝唱。然予读古乐府《暗别离》云：“朱弦暗度不见人，风动花枝月中影。”意子野本此。

卷　二

小　令

〔双调〕**蟾宫曲**俗名折桂令(二首)

庾天锡

环滁秀列诸峰。山有名泉,泻出其中。泉上危亭,僧仙好事,缔构成功。四景朝暮不同,宴酣之乐无穷。酒饮千钟,能醉能文,太守欧翁。

○ 明无名氏《乐府群珠》题"拟醉翁亭记"。

滕王高阁江干。佩玉鸣銮,歌舞阑珊。画栋朱帘,朝云暮雨,南浦西山。物换星移几番,阁中帝子翛然。独倚危阑,槛外长江,东注无还。

○ 明无名氏《乐府群珠》题"拟滕王阁记"。

〔双调〕**蟾宫曲**

姚　燧

博山铜细袅香风。两行纱笼,烛影摇红。翠袖殷勤捧金钟，半露春葱。唱好是会受用文章巨公，绮罗丛醉眼朦胧。夜宴将终，十二帘栊，月转梧桐。

◯ 元钟嗣成《录鬼簿》属刘唐卿。

【集评】

元钟嗣成《凌波仙》：刘卿唐老太原公，生在承平至德中。王左丞席上相陪奉，有歌儿舞女宗。咏博山细袅香风。莺花队，罗绮丛，倚翠偎红。

元陶宗仪《辍耕录》：起句一句而二韵，名曰“短柱”，极不易作。

〔双调〕**蟾宫曲**

郑光祖

梦中作

半窗幽梦微茫。歌罢钱塘，赋罢高唐。风入罗帏，爽入疏棂，月照纱窗。缥缈见梨花淡妆，依稀闻兰麝余香。唤起思量，待不思量，怎不思量。

〔双调〕**蟾宫曲**(二首)

奥敦周卿

西山雨退云收。缥缈楼台，隐隐汀洲。湖水湖烟，画船款棹，妙舞轻讴。野猿搦丹青画手，沙鸥看皓齿明眸。阆苑神州，谢安曾游。更比东山，倒大风流。

○ 明无名氏《乐府群珠》题“咏西湖”。

西湖烟水茫茫。百顷风潭，十里荷香。宜雨宜晴，宜西施淡抹浓妆。尾尾相衔画舫，尽欢声无日不笙簧。春暖花香，岁稔时康。真乃上有天堂，下有苏杭。

○ 明无名氏《乐府群珠》题“咏西湖”。

〔双调〕蟾宫曲

张子友

画堂深夜宴初开。香霭雕盘，烛焰银台。妙舞轻歌，翠红乡十二金钗。会受用簪缨贵客，笑谁同量卷江淮。只从安排，左右扶策。月转花梢，讯马回来。

○ 明无名氏《乐府群珠》题“夜宴”。

〔双调〕蟾宫曲

薛昂夫

天仙碧玉琼瑶，点点杨花，片片鹅毛。访戴归来，寻梅懒去，独钓无聊。一个饮羊羔红炉暖阁，一个冻骑驴野店溪桥。你自评跋：那个清高，那个粗豪？

〇 元杨朝英《太平乐府》题“雪”。

〔双调〕蟾宫曲

徐 琰

赠千金奴

杏桃腮杨柳纤腰。占断他风月排场，鸾凤窝巢。宜笑宜颦，倾国倾城，百媚千娇。一个可喜娘身材儿是小，便做天来大福也难消。檀板轻敲，银烛高烧。万两黄金，一刻春宵。

【集评】

元孔齐《至正直记》：一日，有歌妓千金奴者请赠乐府，容斋（徐琰）属之先君（孔文升），即席赋《折桂令》（即《蟾宫曲》）一阕，容斋大喜，举杯度曲，尽兴而醉。由是得名，亦由是几至被劾。其曲今书坊中已刊行，见于《阳春白雪》内，但题作徐容斋赠云。

〔双调〕蟾宫曲

盍志学

陶渊明自不合时，采菊东篱，为赋新诗。独对南山，泛秋香有酒盈卮。一个小颗颗彭泽县儿，五斗米懒折腰肢。乐以琴诗，畅会寻思。万古流传，赋《归去来辞》。

○ 明无名氏《乐府群珠》题“咏渊明”。

〔双调〕**蟾宫曲**

赵禹珪

题金山寺

长江浩浩西来，水面云山，山上楼台。山水相辉，楼台相映，天与安排。诗句就云山动色，酒杯倾天地忘怀。醉眼挣开，遥望蓬莱。一半烟遮，一半云埋。

○ 元张养浩《云庄乐府》题“过金山寺”，属张养浩。

【集评】

元周德清《中原音韵》：此词称赏者众。明王世贞《艺苑卮言》：景中壮语也。

〔双调〕**蟾宫曲**(四首)

刘秉忠

盼和风春雨如膏，花发南枝，北岸冰消。夭桃似火，杨柳如烟，穰穰桑条。初出谷黄莺弄巧，乍衔泥燕子寻巢。宴赏东郊。杜甫游春，散诞逍遥。

○ 明郭勋《雍熙乐府》题“四季”。

炎天地酷热如烧，散发披襟，纨扇轻摇。积雪敲冰，沉李浮瓜，不用百尺楼高。避暑凉亭静扫，树阴稠绿波池沼。流水溪桥。右军观鹅，散诞逍遥。

◯ 明郭勋《雍熙乐府》题“四季”。

梧桐一叶初凋，菊绽东篱，佳节登高。金风飒飒，寒雁呀呀，促织叨叨。满目黄花衰草，一川红叶飘飘。秋景萧萧，赏菊陶潜，散诞逍遥。

◯ 明郭勋《雍熙乐府》题“四季”。

朔风瑞雪飘飘，暖阁红炉，酒泛羊羔。如飞柳絮，似舞胡蝶，乱剪鹅毛。银砌就楼台殿阁，粉妆成野外荒郊。冬景寂寥，浩然踏雪，散诞逍遥。

◯ 明郭勋《雍熙乐府》题“四季”。

〔双调〕**蟾宫曲**(四首)

贯云石

竹风过雨新香。锦瑟朱弦，乱错宫商。樵管惊秋，渔歌唱晚，淡月疏篁。准备了今宵乐章，怎行云不住高唐。目外秋江，意外风光。环佩空归，分付下凄凉。

○ 明无名氏《乐府群珠》题“秋闺”。

【集评】

章荑荪《词曲讲义》：酸斋终老湖上，所作题材虽多南方风物，而词未离北人之习。

相逢忘却余咱。梦隔行云，尽好诗夸。江上人归，宫中粉淡，明月无涯。从别却西湖酒家，遇逋翁便属仙葩。袜重霜华，春色交加。夜半相思，香透窗纱。

○ 明无名氏《乐府群珠》题“咏纸帐梅花”。

问胸中谁有西湖？算诗酒东坡，清淡林逋。月枕冰痕，露凝荷泪，梦断云裾。桂子冷香仍月古，是嫦娥厌倦妆梳。春景扶疏，秋色模糊。若比西施，西子何如。

○ 明无名氏《乐府群珠》题“玩西湖”。

凌波晚步晴烟。太华云高，天外无天。翠羽摇风，寒珠泣露，总解留连。明月冷亭亭玉莲，荡轻香散满湖船。人已如仙，花正堪怜。酒满金樽，诗满鸾笺。

○ 明无名氏《乐府群珠》题“玩西湖”。

〔双调〕**蟾宫曲**(十六首)

阿鲁威

【集评】

残元本《阳春白雪》：阿鲁威字叔重，号东泉，蒙古氏。南剑太守。诏作经筵官。

东皇太乙

穆将愉兮太乙东皇。佩姣服菲菲，剑珥琳琅。玉瑱琼芳，烝肴兰藉，桂酒椒浆。扬桴鼓兮安歌浩倡，纷五音兮琴瑟笙簧。日吉辰良。繁会祁祁，既乐而康。

云中君

望云中帝服皇皇。快龙驾翩翩，远举周章。霞佩缤纷，云旗晻蔼，衣采华芳。灵连蜷兮昭昭未央，降寿宫兮沐浴兰汤。先我鸾章，后属飞廉，总辔扶桑。

【集评】

章荑荪《词曲讲义》：又有以楚辞事入曲者，如阿鲁威《云中君》数阕。

湘　君

问湘君何处翱游？怎弭节江皋，江水东流。薜荔芙蓉，涔阳极浦，杜若芳洲。驾飞龙兮兰旌蕙绸，君不行兮何故夷犹。玉佩谁留？步马椒丘，忍别灵修。

湘夫人

促江皋腾驾朝驰。幸帝子来游，孔盖云旗。渺渺秋风，洞庭木叶，盼望佳期。灵剡剡兮空山九疑，澧有兰兮沅芷菲菲。行折琼枝，发轫苍梧，饮马咸池。

大司命

令飘风涷雨清尘。开阊阖天门，假道天津。千乘回翔，龙旗冉冉，鸾驾辚辚。结桂椒兮乘云并迎，问人间兮寿夭莫凭。除却灵均，兰佩荷衣，谁制谁纫？

少司命

正秋兰九畹芳菲。共堂下蘼芜，绿叶留荑。趁驾回风，逍遥云际，翡翠为旗。悲莫悲兮君远将离，乐莫乐兮与女新知。一扫氛霓。晞发阳阿，洗剑天池。

东　君

望朝暾将出东方，便抚马安驱，揽辔高翔。交鼓吹竽，鸣篪组瑟，会舞霓裳。布瑶席兮聊斟桂浆，听锵锵兮丹凤鸣阳。直上空桑，持矢操弧，仰射天狼。

河　伯

邀王侯四起冲风。望鱼屋鳞鳞，贝阙珠宫。两驾骖螭，桂旗荷盖，浩荡西东。试回首兮昆仑道中，问江皋兮谁集芙蓉。唤起丰隆。先逐鼋鼍，后驭蛟龙。

山　鬼

若有人兮含睇山幽，乘赤豹文狸，窈窕周流。渺渺愁云，冥冥零雨，谁与同游。采三秀兮吾令蹇修，怅宓妃兮要眇难求。猿夜啾啾，风木萧萧，公子离忧。

【集评】

残元本《阳春白雪》：九歌终。

鸱夷后那个清闲？谁爱雨笠烟蓑，七里严湍。除却巢由，更无人到，颍水箕山。叹落日孤鸿往还，笑桃源洞口谁关。试问刘郎：几度花开，几度花残？

○ 明无名氏《乐府群珠》题“怀古”。

问人间谁是英雄？有酾酒临江，横槊曹公。紫盖黄旗，多应借得，赤壁东风。更惊起南阳卧龙，便成名八阵图中。鼎足三分，一分西蜀，一分江东。

◯ 明无名氏《乐府群珠》题“怀古”。

正春风杨柳依依，听彻《阳关》，分袂东西。看取樽前，留人燕语，送客花飞。谩劳动空山子规，一声声犹劝人归。后夜相思，明月烟波，一舸鸱夷。

◯ 明无名氏《乐府群珠》题“旅况”。

动高吟楚客秋风。故国山河，水落江空。断送离愁，江南烟雨，杳杳孤鸿。依旧向邯郸道中，问居胥今有谁封。何日论文，渭北春天，日暮江东。

◯ 明无名氏《乐府群珠》题“怀友”。

理征衣鞍马匆匆。又在关山，鹧鸪声中。三叠《阳关》，一杯鲁酒，逆旅新丰。看五陵无树起风，笑长安却误英雄。云树濛濛。春水东流，有似愁浓。

◯ 明无名氏《乐府群珠》题“旅况”。

烂羊头谁羡封侯？斗酒篇诗，也自风流。过隙光阴，尘埃野马，不障闲鸥。离汗漫飘蓬九有，向壶山小隐三秋。归赋登楼。白发萧萧，老我南州。

任乾坤浩荡沙鸥。酤酒寻鱼，赤壁矶头。铁笛横吹，穿云裂石，草木炎州。信甲子题诗五柳，算庚寅合赋三秋。渺渺予愁。自古佳人，不遇灵修。

○ 明无名氏《乐府群珠》题“遣怀”。

〔双调〕蟾宫曲（四首）

卢　挚

碧波中范蠡乘舟。殢酒簪花，乐以忘忧。荡荡悠悠，点秋江白鹭沙鸥。急棹不过黄芦岸白蘋渡口，且湾在绿杨堤红蓼滩头。醉时方休，醒时扶头。傲煞人间，伯子公侯。

○ 明无名氏《乐府群珠》题“乐隐”。

想人生七十犹稀，百岁光阴，先过了三十。七十年间，十岁顽童，十载尪羸。五十岁除分昼黑，刚分得一半儿白日。风雨相催，兔走乌飞。仔细沉吟，都不如快活了便宜。

○ 明无名氏《乐府群珠》题“劝世”。

【集评】

宋王观《红芍药》：人生百岁，七十稀少。更除十年孩童小，又十年昏老。都来五十载，一半被睡魔分了。那二十五载之中，宁无些个烦恼？

奴耕婢织生涯，门前栽柳，院后桑麻。有客来时，汲清泉自煮芽茶。稚子谦和礼法，山妻软弱贤达。守着些实善邻家，无是无非，问什么富贵荣华。

〇 明无名氏《乐府群珠》题“田家”。

沙三伴哥来嗏。两腿青泥，只为捞虾。太公庄上，杨柳阴中，磕破西瓜。小二哥昔涎剌塔，碌轴上渰着个琵琶。看荞麦开花，绿豆生芽。无是无非，快活煞庄家。

〔双调〕**蟾宫曲**(百字折桂令)

白　贲

弊裘尘土压征鞍，鞭卷袅芦花。弓剑萧萧，一径入烟霞。动羁怀西风木叶，秋水兼葭。千点万点，老树昏鸦。三行两行，写长空哑哑雁落平沙。曲岸西边近水湾，鱼网纶竿钓槎。断桥东壁傍溪山，竹篱茅舍人家。满山满谷，红叶黄花。正是凄凉时候，离人又在天涯。

〇 元无名氏《乐府群玉》属郑光祖。

【集评】

清谢章铤《赌棋山庄词话》：系词家双迭格。

〔双调〕蟾宫曲(五首)

张可久

剑空弹月下高歌。说到知音，自古无多。白发萧疏，青灯寂寞，老子婆娑。故纸上前贤坎坷，醉乡中壮士磨跎。富贵由他，谩想廉颇，谁效萧何。

◯ 元张可久《小山乐府》题“读史有感”。

沧浪可以濯缨。叹千里波波，两鬓星星。遁迹林泉，甘心畎亩，罢念功名。青门外耘瓜邵平，白云边垂钓严陵。潮落沙汀，月转林坰，午醉方醒。

◯ 元张可久《小山乐府》题“读史有感”。

剔残灯数尽寒更。自别了莺莺，谁更卿卿。竹影疏棂，蛩声废井，桂子闲庭。掩泪眼羞看画屏，瘦人儿不似丹青。盼杀多情。远信休凭，好梦难成。

◯ 元张可久《小山乐府》题“秋夜闺思”。

菊花枝还为谁黄。数尽归期，过了重阳。锦字传情，琼簪留恨，绣枕遗香。夜月冷金钗凤凰，晓霜寒翠被鸳鸯。想像高唐，萦损柔肠，梦见才郎。

○ 元张可久《小山乐府》题“秋思”。

对青山强整乌纱。归雁横秋，倦客思家。翠袖殷勤，金杯错落，玉手琵琶。人老去西风白发，蝶愁来明日黄花。回首天涯，一抹斜阳，数点寒鸦。

○ 元张可久《小山乐府》题“九日”。

〔双调〕**湘妃怨**俗名水仙子(**四首**)

卢　挚

西　湖

湖山佳处那些儿，恰到轻寒微雨时。东风懒倦催春事。嗔垂杨袅绿丝，海棠花偷抹胭脂。任吴岫眉尖恨，厌钱塘江上词。是个妒色的西施。

朱帘画舫那人儿，林影荷香雨霁时。尊前歌舞多才思。紫云英琼树枝，对波光山色参差。切香脆江瑶脍，擘轻红新荔枝。是个好客的西施。

苏堤鞭影半痕儿，常记吴山月上时。闲寻灵鹫西岩寺。冷泉亭偏费诗，看烟鬟尘外丰姿。染绛绡裁霜叶，酿清香飘桂子。是个百巧的西施。

梅梢雪霁月芽儿，点破湖烟雪落时。朝来亭树琼瑶似。笑渔蓑学鹭鸶，照歌台玉镜冰姿。谁僝僽鸱夷子，也新添两鬓丝。是个淡净的西施。

【集评】

元刘时中《水仙操序》：世所传唱《水仙子》四首，盛行歌楼乐肆间，每恨其不能佳也。嵩麓有樵者（指卢挚）闻而是之，即以春夏秋冬赋四章，命之曰《西湖四时渔歌》。

〔双调〕湘妃怨（四首）

马致远

和卢疏斋西湖

春风骄马五陵儿，暖日西湖三月时。管弦触水莺花市，不知音不到此。宜歌宜酒宜诗。山过雨颦眉黛，柳拖烟堆鬓丝。可戏杀睡足的西施。

和卢疏斋西湖

采莲湖上画船儿，垂钓滩头白鹭鸶。雨中楼阁烟中寺，笑王维作画师。蓬莱倒影参差。薰风来至，荷香净时。清洁煞避暑的西施。

和卢疏斋西湖

金卮满劝莫推辞，已是黄柑紫蟹时。鸳鸯不管伤心事，便白头湖上死。爱园林一抹胭脂。霜落在丹枫上，水飘着红叶儿。风流煞带酒的西施。

和卢疏斋西湖

人家篱落酒旗儿，雪压寒梅老树枝。吟诗未稳推敲字，为西湖捻断髭。恨东坡对雪无诗。休道是苏学士，韩退之，难装煞傅粉的西施。

〔双调〕**湘妃怨**(四首)

刘时中，时中号逋斋。翰林学士。

和卢疏斋西湖

湖山亭下闹竿儿，烂醉韶华三月时。晓来风雨催春事，把莺花撺断死。映苏堤红翠参差。浅绛雪缄桃萼，嫩黄金搓柳丝。风流煞斗草西施。

【集评】

元刘时中《水仙操序》：其约首句韵以“儿”字，“时”字为之次，“西施”二字为句绝，然后一洗而空之，邀同赋，谨如约。

和卢疏斋西湖

虾须帘卷水亭儿，玉枕桃笙梦觉时。荷香勾引清风至，搁青莲雪藕丝。嫩凉生璧月琼芝。鸾刀切银丝脍，蚁香浮碧玉卮。受用煞避暑西施。

和卢疏斋西湖

西风吹入耍窗儿，一扇新凉暑退时。白蘋红蓼多情思，写秋光无限诗。占平湖一抹胭脂。荷缺翠青摇柄，桂飘香金坠枝。快活煞玩月西施。

和卢疏斋西湖

梅花初试胆瓶儿，正是逋郎得句时。彤云把断山中寺，软红尘不到此。玉模糊老树参差。侵素体添肌粟，妒云鬟老鬓丝。清绝煞赏雪西施。

〔双调〕**湘妃怨**(二首)

阿鲁威

楚天空阔楚天长，一度怀人一断肠。此心只在肩舆上。倩东风过武昌，助离愁烟水茫茫。竹上雨湘妃泪，树中禽蜀帝王。无限思量。

○ 元无名氏《乐府群玉》题“寓意武昌元贞”，属刘时中。

夜来雨横与风狂，断送西园满地香。晓来蜂蝶空游荡。苦难寻红锦妆，问东君归计何忙！尽叫得鹃声碎，却教人空断肠。漫劳动送客垂杨。

〔双调〕**湘妃怨**

薛昂夫

集　句

几年无事傍江湖，醉倒黄公旧酒垆。人间纵有伤心处，也不到刘伶坟上土。醉乡中不辨贤愚。对风流人物，看江山画图，便醉倒何如。

〔双调〕**湘妃怨**(五首)

张可久

茧黄旧纸试银钩，蚁绿新篘泛玉舟，龙香古饼薰金兽。蔷薇小院幽，春光为我迟留。东里寻芳去，西园秉烛游。醉倚南楼。

○ 元张可久《小山乐府》题“春晚”。

西山暮雨暗苍烟，南浦春风舣画船。水流云去人空恋。伤心思去年，可怜景物依然。海棠鹳鸹，岩花杜鹃，杨柳秋千。

○ 元张可久《小山乐府》题“春晚”。

相思诗句满苔墙，合唱歌声静锦堂，合欢裙带闲罗帐。无言倚绣床，怎生人不成双。花间翡翠，钗头凤凰，梅子鸳鸯。

○ 元张可久《小山乐府》题“春晚”。

山花红雨鹧鸪啼，院柳苍云燕子飞，池萍绿水鸳鸯睡。春残犹未归，掩妆台懒画蛾眉。绣床人困，玉关梦回，锦字书迟。

○ 元张可久《小山乐府》题“春思”。

红指甲

玉纤弹泪血痕封，丹髓调酥鹤顶浓，金炉拨火香云动。风流千万种，捻胭脂娇晕重重。拂海棠梢头露，按桃花扇底风。托香腮数点残红。

〔双调〕**湘妃怨**(七首)

杨朝英

依山傍水盖茅斋，旋买奇花赁地栽，深耕浅种无灾害。

学刘伶死便埋，促光阴晓角时牌。新酒在槽头醉，活鱼向湖上买。算天公自有安排。

雪晴天地一冰壶，竟往西湖探老逋。骑驴踏雪溪桥路，笑王维作画图。拣梅花多处提壶。对酒看花笑，无钱当剑沽。醉倒在西湖。

寿阳宫额得魁名，南浦西湖分外清。横斜疏影窗间映，惹诗人说到今。万花中先绽琼英。自古诗人爱，骑驴踏雪寻。忍冻在前村。

闲时高卧醉时歌，守己安贫好快活。杏花村里随缘过，胜尧夫安乐窝。任贤愚后代如何。失名利痴呆汉，得清闲谁似我。一任他门外风波。

六神和会自安然，一日清闲自在仙。浮云富贵无心恋，盖茅庵近水边。有梅兰竹石萧然。趁村叟鸡豚社，随牛儿沽酒钱。直吃到月坠西边。

黄金散尽学风流，学得风流两鬓秋。笑煞那看钱奴枉了干生受，我觑荣华似水上沤。则不如趁中年散诞优游。斟绿酒低低的劝，殢红妆慢慢的讴。醉时节锦被里舒头。

灯花占信又无功，鹊报佳音耳过风。绣衾温暖和谁共？

隔云山千万重。因此上惨绿愁红。不付能博得个团圆梦，觉来时又扑个空。杜鹃声又过墙东。

〔双调〕**庆东原**(三首)

白 朴

忘忧草，含笑花，劝君及早冠宜挂。那里也能言陆贾？那里也良谋子牙？那里也豪气张华？千古是非心，一夕渔樵话。

黄金缕，碧玉箫，温柔乡里寻常到。青春过了，朱颜渐老，白发凋骚。则待强簪花，又恐傍人笑。

暖日宜乘轿，春风宜讯马。恰寒食有二百处秋千架。对人娇杏花，扑人飞柳花，迎人笑桃花。来往画船边，招飐青旗挂。

〔双调〕**庆东原**(四首)

张可久

次马致远韵

杀三士，因二桃，不如五柳庄前傲。文魔贾岛，诗穷孟郊，酒困山涛。他得志笑闲人，他失脚闲人笑。

次马致远韵

诗情放，剑气豪，英雄不把穷通较。江中斩蛟，云间射雕，席上挥毫。他得志笑闲人，他失脚闲人笑。

次马致远韵

难开眼，懒折腰，白云不应蒲轮召。解组汉朝，寻诗灞桥，策杖临皋。他得志笑闲人，他失脚闲人笑。

次马致远韵

依山洞，结把茅，清风两袖长舒啸。问江边老樵，访山中故交，伴云外孤鹤。他得志笑闲人，他失脚闲人笑。

〔双调〕**驻马听**(四首)

白　朴

吹

裂石穿云，玉管宜横清更洁。霜天沙漠，鹧鸪风里欲偏斜。凤凰台上暮云遮，梅花惊作黄昏雪。人静也，一声吹落江楼月。

弹

雪调冰弦，十指纤纤温更柔。林莺山溜，夜深风雨落弦头。芦花岸上对兰舟，哀弦恰似愁人消瘦。泪盈眸，江州司马别离后。

歌

《白雪》《阳春》，一曲西风几断肠。花朝月夜，个中唯有杜韦娘。前声起彻绕危梁，后声并至银河上。韵悠扬，小楼一夜云来往。

舞

凤髻蟠空，袅娜腰肢温更柔。轻移莲步，汉宫飞燕旧风流。谩催鼍鼓品《梁州》，鹧鸪飞起春罗袖。锦缠头，刘郎错认风前柳。

〔双调〕**沉醉东风**(二首)

胡祗遹

月底花间酒壶，水边林下茅庐。避虎狼，盟鸥鹭，是个识字的渔夫。蓑笠纶竿钓今古，一任他斜风细雨。

渔得鱼心满愿足，樵得樵眼笑眉舒。一个罢了钓竿，一个收了斤斧，林泉下偶然相遇。是两个不识字渔樵士大夫，他两个笑加加的谈今论古。

〔双调〕沉醉东风(二首)

徐 琰

赠歌者吹箫

金凤小斜簪髻云，似樱桃一点朱唇。秋水清，春山恨，引青鸾玉箫声韵。莫不是另得东君一种春，既不呵紫竹上重生玉笋。

御食饱清茶漱口，锦衣穿翠袖梳头。有几个省部交，朝廷友，尊席上玉盏金瓯。封却公男伯子侯，也强如不识字烟波钓叟。

〔双调〕沉醉东风

冯子振

缘结来生净果，从他半世蹉跎。冷淡交，唯三个，除此外更谁插破。减着些少添着呵便觉多，明月清风共我。

〔双调〕沉醉东风(五首)

关汉卿

咫尺的天南地北，霎时间月缺花飞。手执着饯行杯，眼阁着别离泪。刚则道得声保重将息，痛煞煞教人舍不得。好去者望前程万里。

忧则忧鸾孤凤单，愁则愁月缺花残。为则为俏冤家，害则害谁曾惯。瘦则瘦不似今番。恨则恨孤帏绣衾寒，怕则怕黄昏到晚。

伴夜月银筝凤闲，暖东风绣被常悭。信沉了鱼，书绝了雁，盼雕鞍万水千山。本利对相思若不还，则告与那能索债愁眉泪眼。

夜月青楼凤箫，春风翠髻金翘。雨云浓，心肠俏，俊庞儿玉软香娇。六幅湘裙一搦腰，间别来十分瘦了。

面比花枝解语，眉横柳叶长疏。想着雨和云，朝还暮，但开口只是长吁。纸鹞儿休将人厮应付，肯不肯怀儿里便许。

〔双调〕沉醉东风(三首)

张可久

脚到处青山绿水，兴来时白酒黄鸡。远是非，绝名利，腹便便午窗酣睡。鹦鹉杯中昼日迟，到强似麒麟画里。

〇 元张可久《小山乐府》题“幽居”。

笑白发犹缠利锁，喜红尘不到渔蓑。八咏诗，三间些，收拾下晚春工课。茅舍疏篱小过活，有情分沙鸥伴我。

〇 元张可久《小山乐府》题“幽居”。

咏钓台

貂裘敝谁怜倦客，锦笺寒难写秋怀。野水边，闲云外，尽教他鸥鹭惊猜。溪上良田得数顷来，也敢上严陵钓台。

〔双调〕拨不断(十首)

马致远

九重天，二十年，龙楼凤阁都曾见。绿水青山任自然。旧时王谢堂前燕，再不复海棠庭院。

叹寒儒，谩读书，读书须索题桥柱。题柱虽乘驷马车，乘车谁买《长门赋》？且看了长安回去。

路傍碑，不知谁，春苔绿满无人祭。毕卓生前酒一杯，曹公身后坟三尺。不如醉了还醉。

怨离别，恨离别，君知君恨君休惹。红日如奔过隙驹，白头渐满阳花雪。一日一个渭城客舍。

孟襄阳，兴何狂，冻骑驴灞陵桥上。便纵有些梅花入梦香，到不如风雪销金帐，慢慢的浅斟低唱。

笑陶家，雪烹茶，就鹅毛瑞雪初成腊。见蝶翅寒梅正有花，怕羊羔美酒新添价。拖得人冷斋里闲话。

菊花开，正归来。伴虎溪僧鹤林友龙山客，似杜工部陶渊明李太白，有洞庭柑东阳酒西湖蟹。哎，楚三闾休怪。

浙江亭，看潮生，潮来潮去原无定。惟有西山万古青，子陵一钓多高兴。闹中取静。

酒杯深，故人心，相逢只莫推辞饮。君若歌时我慢斟。屈原沉死由他恁，醉和醒争甚。

瘦形骸，闷情怀。丹枫醉倒秋山色，黄菊凋残戏马台，白衣盼杀东篱客。你莫不子猷访戴。

〔双调〕清江引(三首)

贯云石

弃微名去来心快哉，一笑白云外。知音三五人，痛饮何妨碍。醉袍袖舞嫌天地窄。

竞功名有如车下坡，惊险谁参破。昨日玉堂臣，今日遭残祸。争如我避风波走在安乐窝。

避风波走在安乐窝，就里乾坤大。醒了醉还醒，卧了重还卧。似这般得清闲的谁似我。

〔双调〕清江引(四首)

张可久

杜鹃几声烟树暖，风雨相撺断。梨花月未圆，柳絮春将半。夜长可怜归梦短。

○ 元张可久《小山乐府》题“春思”。

绣针懒拈闲素手，倦枕金钗溜。莺呼绿柳春，燕舞红帘昼。东风院落人病酒。

◯ 元张可久《小山乐府》题“春思”。

西风又吹湖上柳，画舫携红袖。鸥眠野水闲，蝶舞秋花瘦。风流醉翁不在酒。

◯ 元张可久《小山乐府》题“九日湖上”。

门前好山云占了，尽日无人到。松风响翠涛，槲叶烧丹灶。先生醉眠春自老。

◯ 元张可久《小山乐府》题“山中春睡”。

〔双调〕**寿阳曲**俗名落梅风(四首)

姚　燧

酒可红双颊，愁能白二毛。对尊前尽可开怀抱。天若有情天亦老，且休教少年知道。

◯ 明郭勋《雍熙乐府》题“随缘”。

红颜褪，绿鬓凋，酒席上渐疏了欢笑。风流近来都忘了，谁信道也曾年少。

襄王梦，神女情，多般儿酿成愁病。琵琶慢调弦上声，相思字越弹着不应。

咏李白

贵妃亲擎砚，力士与脱靴。御调羹就飧不谢。醉模糊将吓蛮书便写，写着甚“杨柳岸晓风残月”。

〔双调〕**寿阳曲**(十四首)

无名氏

胡来得赛，热莽得极，明明的抱着虎睡。恼番小姐挝了面皮，见丈人来怎生回避。

全无思娘意，却有爱女心。不似您鲁秋胡忒恁。见个采桑妇人与了一锭金，你见那姓白的牡丹使甚?

酒醒后离书舍，沉醉也上钓舟，捧金钟把月娥等候。广寒宫玉蟾捞不在手，水晶宫却和龙斗。

逢着的咽，撞着的撑，不似您秀才每水性。问娉婷谒浆到十数升，干相思变做了渴证。

袄庙内，盼艳冶，不觉的怪风火烈。把才郎沈腰烧了半截，谁似你做得来特热。

一个诸般韵，一个百事通，小书生玉人情重。三更烛灭黑洞洞，你道是不曾时说梦。

一个单身汉，一个寡妇人，夜深沉洞房随顺。放入来你却守定门，这言语好难准信。

诳楚霸，成汉业，鸾舆禄尽衣绝。一把火焚烧得烟焰烈，楚重瞳待你不热。

金钗坠，云髻斜，歌舞罢彩云消灭。今宵酒醒何处也？杨柳岸晓风残月。

〇 明郭勋《雍熙乐府》题“别离”。

别离恨，心受苦，知他是几时完聚。泪点儿多如秋夜雨，烦恼似《孝经》起序。

羞花貌，闭月容，恰相逢使人心动。娇的的可人风韵种，也消得俺惜花人团弄。

装呵欠把长吁来应，推眼疼把珠泪掩，佯咳嗽口儿里作念。将他讳名儿再三不住的咕，思量煞小卿也双渐。

杯擎玉，泪阁珠，心间事尽情儿倾诉。似梨花一枝春带雨，怕东君俨然辜负。

帏屏靠，珊枕欹，泪和愁酿成春睡。绣帘不教高挂起，怕莺花笑人憔悴。

〔双调〕寿阳曲

严忠济

三间些，伍子歌，利名场几人参破。算来都不如蓝采和，被这几文钱把这小儿瞒过。

〔双调〕寿阳曲(五首)

贯云石

担春盛，问酒家，绿杨阴似开图画。下秋千玉容强似花，汗溶溶透入罗帕。

松杉翠，茉莉香，步回廊老仙策杖。月明中晚风宝殿凉，玉池深藕花千丈。

鱼吹浪，雁落沙，倚吴山翠屏高挂。看江潮鼓声十万家，卷朱帘玉人如画。

新诗句，浊酒壶，野人闲不知春去。家童柳边闲钓鱼，趁残红满江鸥鹭。

新秋至，人乍别，顺长江水流残月。悠悠画船东去也，这思量起头儿一夜。

〔双调〕寿阳曲

东 泉

千年调，一旦空，惟有纸钱灰晚风吹送。尽蜀鹃血啼烟树中，唤不回一场春梦。

〔双调〕寿阳曲

李寿卿

金刀利，锦鲤肥，更那堪玉葱纤细。添得醋来风韵美，试尝道甚生滋味。

○ 一说兰楚芳、刘婆惜作。元周德清《中原音韵》题作“切鲙”。

【集评】

元贾仲明《录鬼簿续编》：时有名姬刘婆惜，筵间切鲙，公（兰楚芳）因随口歌《落梅风》云：金刀细，锦鲤肥，更那堪玉葱纤细。刘接云：得些醋成风味美，诚当俺这家滋味。才子佳人，诚不多见也。

元周德清《中原音韵》："美"字上声为妙，以起其音。切不可平声。

〔双调〕寿阳曲(四首)

卢　挚

银台烛，金兽烟，夜方阑画堂开宴。管弦停玉杯斟较浅，听春风遏云歌遍。

金蕉叶，银萼花，卷长江酒杯低亚。醉书生且休扶上马，听春风玉箫吹罢。

诗难咏，画怎描，欠渔翁玉蓑独钓。低唱浅斟金帐晓，胜烹茶党家风调。

攒江酒，味转佳，刻春宵古今无价。约寻盟绿杨中闲系马，醉春风碧纱窗下。

〔双调〕寿阳曲(三十一首)

马致远

山市晴岚

花村外，草店西，晚霞明雨收天霁。四围山一竿残照里，锦屏风又添铺翠。

远浦帆归

夕阳下，酒旆闲，两三航未曾着岸。落花水香茅舍晚，断桥头卖鱼人散。

平沙落雁

南传信，北寄书，半栖近岸花汀树。似鸳鸯失群迷伴侣，两三行海门斜去。

潇湘夜雨

渔灯暗，客梦回，一声声滴人心碎。孤舟五更家万里，是离人几行情泪。

烟寺晚钟

寒烟细，古寺清，近黄昏礼佛人静。顺西风晚钟三四声，怎生教老僧禅定。

渔村夕照

鸣榔罢，闪暮光，绿杨堤数声渔唱。挂柴门几家闲晒网，都撮在捕鱼图上。

江天暮雪

天将暮，雪乱舞，半梅花半飘柳絮。江上晚来堪画处，钓鱼人一蓑归去。

洞庭秋月

芦花谢，客乍别，泛蟾光小舟一叶。豫章城故人来也，结末了洞庭秋月。

春将暮，花渐无，春催得落花无数。春归时寂寞景物疏，武陵人恨春归去。

一阵风，一阵雨，满城中落花飞絮。纱窗外蓦然闻杜宇，一声声唤回春去。

云笼月，风弄铁，两般儿助人凄切。剔银灯欲将心事写，长吁气一声吹灭。

○ 明郭勋《雍熙乐府》题“夜忆”。明张栩《彩笔情辞》属卢挚。

磨龙墨，染兔毫，倩花笺欲传音耗。真写到半张却带草，叙寒温不知个颠倒。

从别后，音信绝，薄情种害煞人也。逢一个见一个因话说，不信你耳轮儿不热。

从别后，音信杳，梦儿里也曾来到。问人知行到一万遭，不信你眼皮儿不跳。

心间事，说与他，动不动早言两罢。罢字儿磣可可你道是耍，我心里怕那不怕。

人初静，月正明，纱窗外玉梅斜映。梅花笑人休弄影，月沉时一般孤另。

人千里，愁万缕，望不断野烟汀树。一会价上心来没是处，恨不得待跨鸾归去。

研香汗，展素纸，蘸霜毫略传心事。和泪谨封断肠词，小书生再三传示。

实心儿待，休做谎话儿猜，不信道为伊曾害。害时节有谁曾见来，瞒不过主腰胸带。

江梅态，桃杏腮，娇滴滴海棠颜色。金莲肯分迭半折，瘦厌厌柳腰一捻。

思今日，想去年，依旧绿杨庭院。桃花嫣然三月天，只不见去年人面。

◯ 明郭勋《雍熙乐府》题“相思”。

蝶慵戏，莺倦啼，方是困人天气。莫怪落花吹不起，珠帘外晚风无力。

他心罢，咱便舍，空担着这场风月。一锅滚水冷定也，再撺红儿时得热。

相思病，怎地医，只除是有情人调理。相偎相抱诊脉息，不服药自然圆备。

心窝儿兴，奶陇儿情，低低的咥声相应。舌尖抵着牙缝冷，半晌儿使的成病。

香罗带，玉镜台，对妆奁懒施眉黛。落红满阶愁似海，问东君故人安在。

青纱帐，白象床，晚凉生月轮初上。谁家玉箫吹凤凰，教断肠人越添惆怅。

如年夜，人乍别，角声寒玉梅惊谢。梦回酒醒灯尽也，对着冷清清半窗残月。

蔷薇露，荷叶雨，菊花霜冷香庭户。梅梢月斜人影孤，恨薄情四时辜负。

琴愁操，香倦烧，盼春来不知春到。日长也小窗前睡着，卖花声把人惊觉。

因他害，染病疾，相识每劝咱是好意。相识若知咱就里，和相识也一般憔悴。

卷　三

小　令

〔双调〕**潘妃曲**即步步娇（十九首）

商　挺

绿柳青青和风荡，桃李争先放。紫燕忙，队队衔泥戏雕梁。柳丝黄，堪画在帏屏上。

闷向危楼凝眸望，翠盖红莲放。夏日长，萱草榴花竞芬芳。碧纱窗，堪画在帏屏上。

败柳残荷金风荡，寒雁声嘹喨。闲盼望，红叶皆因昨夜霜。菊金黄，堪画在帏屏上。

暖阁偏宜低低唱，共饮羊羔酿。宜醉赏，宜醉赏蜡梅香。雪飞扬，堪画在帏屏上。

小小鞋儿连根绣，缠得帮儿瘦。腰似柳，款撒金莲懒抬头。那孩儿见人羞，推把裙儿扣。

小小鞋儿白脚带，缠得堪人爱。疾快来，瞒着爹娘做些儿怪。你骂吃敲才，百忙里解花裙儿带。

冷冷清清人寂静，斜把鲛绡凭。和泪听，蓦听得门外地皮儿鸣。则道是多情，却原来翠竹把纱窗映。

戴月披星担惊怕，久立纱窗下。等候他，蓦听得门外地皮儿踏。则道是冤家，原来风动荼蘼架。

月缺花残人憔悴，冷落了鸳鸯被。望天涯人未归，满目残霞景凄凄。塞鸿希，有信凭谁寄。

早是离愁添秋兴，那堪镜破金钗另。懒将云鬓整，哭啼啼泪盈盈。照得镜儿明，羞睹我脸上相思病。

肠断关山传情字，无限伤春事。因他憔悴死，只怕傍人问着时。口儿里强推辞，怎瞒得唐裙衽。

目断妆楼夕阳外，鬼病恹恹害。恨万该，止不过泪满旱莲腮。骂你个不良才，莫不少下你相思债。

可意娘庞儿谁曾见，脸衬桃花片。贴金钿，似月里嫦娥坠云轩。玉天仙，醉离了蟠桃宴。

闷酒将来刚刚咽，欲饮先浇奠。频祝愿，普天下心厮爱早团圆。谢神天，教俺也频频的勤相见。

金缕唐裙鸳鸯结，偏趁些娘撇。□包髻，金钗翠荷叶。玉梳斜，似云吐初生月。

一点青灯人千里，锦字凭谁寄。雁来稀，花落东君也憔悴。投至望君回，滴尽多少关山泪。

宝髻高盘堆云雾，钗插荆山玉。离洛浦，天仙美貌出尘俗。更通疏，没半点儿包弹处。

煞是你个冤家劳合重，今夜里效鸾凤。多情可意种，紧把纤腰贴酥胸。正是两情浓，笑吟吟舌吐丁香送。

只恐怕窗间人瞧见，短命休寒贱。直恁地胳膝软，禁不过敲才厮熬煎。你且觑门前，等的无人呵旋转。

〔双调〕大德歌(十首)

关汉卿

春

子规啼，不如归，道是春归人未归。几日添憔悴，虚飘飘柳絮飞。一春鱼雁无消息，则见双燕斗衔泥。

夏

俏冤家，在天涯，偏那里绿杨堪系马。困坐南窗下，数对清风想念他。蛾眉淡了教谁画，瘦岩岩羞戴石榴花。

秋

风飘飘，雨萧萧，便做陈抟睡不着。懊恼伤怀抱，扑簌簌泪点抛。秋蝉儿噪罢寒蛩儿叫，淅零零细雨打芭蕉。

冬

雪纷纷，掩重门，不由人不断魂。瘦损江梅韵，那里是清江江上村。香闺里冷落谁瞅问，好一个憔悴的凭阑人。

粉墙低，景凄凄，正是那西厢月上时。会得琴中意，我是个香闺里钟子期。好教人暗想张君瑞，敢则是爱月夜眠迟。

绿杨堤，画船儿，正撞着一帆风赶上水。冯魁吃的醺醺醉，怎想着金山寺壁上诗。醒来不见多姝丽，冷清清空载月明归。

郑元和，受寂寞，道是你无钱怎奈何。哥哥家缘破，谁着你摇铜铃唱挽歌。因打亚仙门前过,恰便是司马泪痕多。

谢家村,赏芳春,疑怪他桃花冷笑人。着谁传芳信,强题诗也断魂。花阴下等待无人问,则听得黄犬吠柴门。

雪粉华,舞梨花,再不见烟村四五家。密洒堪图画,看疏林噪晚鸦。黄芦掩映清江下,斜揽着钓鱼艖。

吹一个,弹一个,唱新行《大德歌》。快活休张罗,想人生能几何。十分淡薄随缘过,得磨陀处且磨陀。

〔双调〕碧玉箫(十首)

关汉卿

黄召风虔,盖下丽春园。员外心坚,使了贩茶船。金山寺心事传,豫章城人月圆。苏氏贤,嫁了双知县。天,称了他风流愿。

怕见春归,枝上柳绵飞。静掩香闺,帘外晓莺啼。恨天涯锦字稀,梦才郎翠被知。宽尽衣,一搦腰肢细。痴,暗暗的添憔悴。

盼断归期,划损短金篦。一搦腰围,宽褪素罗衣。知他是甚病疾?好教人没理会。拣口儿食,陡恁的无滋味。医,越恁的难调理。

帘外风筛，凉月满闲阶。烛灭银台，宝鼎篆烟埋。醉魂儿难挣挫，精彩儿强打捱。那里每来，你取闲论诗才。台，定当的人来赛。

你性随邪，迷恋不来也。我心痴呆，等到月儿斜。你欢娱受用别，我凄凉为甚迭。休谎说，不索寻吴越。咱，负心的教天灭。

席上尊前，衾枕奈无缘。柳底花边，诗曲已多年。向人前未敢言，自心中祷告天。情意坚，每日空相见。天，甚时节成姻眷。

膝上琴横，哀愁动离情。指下风生，萧洒弄清声。琐窗前月色明，雕阑外夜气清。指法轻，助起骚人兴。听，正漏断人初静。

红袖轻揎，玉笋挽秋千。画板高悬，仙子坠云轩。额残了翡翠钿，髻松了荷叶偏。花径边，笑捻春罗扇。扇，玉腕鸣黄金钏。

秋景堪题，红叶满山溪。松径偏宜，黄菊绕东篱。正清樽斟泼醅，有白衣劝酒杯。官品极，到底成何济。归，学取他渊明醉。

笑语喧哗，墙内甚人家。度柳穿花，院后那娇娃。媚孜孜整绛纱，颤巍巍插翠花。可喜煞，巧笔难描画。他，困倚在秋千架。

〔双调〕沽美酒带过太平令(二首)

无名氏

花奴将羯鼓催，宁王把玉笛吹。御手亲将桐树击。郑观音琵琶韵美，簇捧定个太真妃。　　丹脸上胭脂匀腻，翠盘中彩袖低垂。宝髻上金钗斜坠，霞绶底珍珠珞臂。见娘行舞低，羽衣整齐，欢喜煞唐朝皇帝。

画梁间乳燕飞，绿窗外晓莺啼。红杏枝头春色稀。芳树外子规啼，声声叫道不如归。　　雨过处残红满地，风来时落絮沾泥。酝酿出困人天气，积攒下伤心情意。怕的是日迟，柳阴影里，沙暖处鸳鸯春睡。

〔双调〕楚天遥带过清江引(三首)

薛昂夫

花开人正欢，花落春如醉。春醉有时醒，人老欢难会。

一江春水流，万点杨花坠。谁道是杨花，点点离人泪。
回首有情风万里，渺渺天无际。愁共海潮来，潮去愁难退。
更那堪晚来风又急。

屈指数春来，弹指惊春去。蛛丝网落花，也要留春住。
几日喜春晴，几夜愁春雨。六曲小山屏，题满伤春句。
春若有情应解语，问着无凭据。江东日暮云，渭北春天树。
不知那答儿是春住处。

有意送春归，无计留春住。明年又着来，何似休归去。
桃花也解愁，点点飘红玉。目断楚天遥，不见春归路。
春若有情春更苦，暗里韶光度。夕阳山外山，春水渡傍渡。
不知那答儿是春住处。

〔双调〕雁儿落带过得胜令（五首）

庾天锡

春风桃李繁，夏浦荷莲间。秋霜黄菊残，冬雪白梅绽。　　四季手轻翻，百岁指空弹。谩说周秦汉，徒夸孔孟颜。人间，几度黄粮饭？狼山，金杯休放闲。

名缰厮缠挽，利锁相牵绊。孤舟乱石湍，羸马连云栈。　　宰相五更寒，将军夜渡关。创业非容易，升平守分难。长安，那个是周公旦。狼山，风流访谢安。

韩侯一将坛，诸葛三分汉。功名纸半张，富贵十年限。　　行路古来难，古道近长安。紧把心猿系，牢将意马拴。尘寰，倒大无忧患。狼山，白云相伴闲。

荒荒时务艰，急急光阴换。一局棋未残，腰斧柯先烂。　　百岁霎光间，莫惜此时闲。三两知心友，鲸杯且吸干。休弹，玉人齐声叹。狼山，兴亡一笑间。

从他绿鬓斑，欹枕白石烂。回头红日晚，满目青山矸。　　翠立数峰寒，碧锁暮云间。媚景春前赏，晴岚雨后看。开颜，玉盏金波满。狼山，人生相会难。

〔双调〕德胜乐(八首)

白　朴

春

丽日迟，和风习，共王孙公子游戏。醉酒淹衫袖湿，簪花压帽檐低。

夏

酷暑天，葵榴发，喷鼻香十里荷花。兰舟斜缆垂杨下，只宜铺枕簟向凉亭披襟散发。

秋

玉露冷,蛩吟砌,听落叶西风渭水。寒雁儿长空嘹泪,陶元亮醉在东篱。

冬

密布云,初交腊,偏宜去扫雪烹茶。羊羔酒添价,胆瓶内温水浸梅花。

独自寝,难成梦,睡觉来怀儿里抱空。六幅罗裙宽褪,玉腕上钏儿松。

独自走,踏成道,空走了千遭万遭。肯不肯疾些儿通报,休直到教担搁得天明了。

红日晚,遥天暮,老树寒鸦几簇。咱为甚妆妆频觑,怕有那新雁儿寄来书。

红日晚,残霞在,秋水共长天一色。寒雁儿呀呀的天外,怎生不捎带个字儿来。

〔双调〕得胜令

张可久

银烛照黄昏,金屋贮佳人。酒醉三更后,花融一夜春。恩情,怕有些儿困。亲亲,亲得来不待亲。

〔双调〕得胜令(四首)

景元启

一见话相投,半醉捧金瓯。眼角传心事,眉尖锁旧愁。绸缪,暗约些儿后。羞羞,羞得来不待羞。

力困下秋千,缓步蹑金莲。笑与情郎道,扶归曲槛边。俄然,欲语声娇颤。旋旋,旋得来不待旋。

一捻楚宫腰,体态更妖娆。百媚将人殢,佯羞整凤翘。堪描,脸儿上扑堆着俏。娇娇,娇得来不待娇。

明月转回廊,花影上纱窗。暗约湖山侧,低低问粉郎。端详,怕有人瞧望。荒荒,荒得来不待荒。

〔双调〕**得胜令**(四首)

杨朝英

日日醉红楼，归来五更头。问着诸般讳，揪挦不害羞。敲头，敢设个牙疼咒。揪揪，揪得来不待揪。

庭院正无聊，单枕拥鲛绡。细雨和愁种，孤灯带梦烧。难熬，促织儿窗前叫。焦焦，焦得来不待焦。

花影下重檐，沉烟袅绣帘。人去青鸾杳，春娇酒病厌。眉尖，常锁伤春怨。忺忺，忺得来不待忺。

【集评】

元周德清《中原音韵》："忺忺"者，何等语句？未闻有如此平仄、如此开合韵脚之《德胜令》。

一笑自生娇，春风兰麝飘。夜月红牙按，青螺双凤高。妖娆，那里有惹多俏。嚣嚣，嚣得来不待嚣。

〔双调〕**殿前欢**(八首)

卢　挚

寿阳妆，更何须兰被借温芳。玉妃不卧鲛绡帐。月户云窗，前村远驿路长。空惆怅，凭谁问花无恙。被春愁晓梦，瘦损何郎。

万花丛，殢韶光肯放彩云空。痴骙骙未解三生梦。娇滴滴一捻春风，歌喉边笑语中。秋波送，依约见芳心动。被啼莺恋住，江上归鸿。

海棠庭，这红妆也见主人情。被东风吹软新歌咏，都为花卿。黄鹄飞白鹿鸣，山林兴，佳丽相辉映。是烟霞翠袖，锦帐云屏。

小楼红，隔纱窗斜照月朦胧。绣衾薄不耐春寒冻。帘幕无风，篆烟消宝鼎空。难成梦，孤负了鸾和凤。山长水远，何日相逢。

作闲人，向沧波濯尽利名尘。回头不睹长安近。守分清贫，足不袜发不巾。谁嗔问，无事萦方寸。烟霞伴侣，风月比邻。

寿阳人，玉溪先占一枝春。红尘驿使传芳信。深雪前村，冰梢上月一痕。云初褪，瘦影向纱窗上印。香来梦里，寂寞黄昏。

酒杯浓，一葫芦春色醉山翁，一葫芦酒压花梢重。随我奚童，葫芦干兴不穷。谁人共？一带青山送。乘风列子，列子乘风。

酒频沽，正花间山鸟唤提壶。一葫芦提在花深处。任意狂疏，一葫芦够也无？临时觑，不够时重沽去。任三闾笑我，我笑三闾。

〔双调〕**殿前欢**(六首)

薛昂夫

春

据危阑，看浮屠双耸倚高寒，鳞鳞万瓦连霄汉。俯视尘寰，望飞来紫翠间。云初散，放老眼情无限。知他是西山傲我，我傲西山。

夏

柳扶疏，玻璃万顷浸冰壶。流莺声里笙歌度。士女相呼，有丹青画不如。迷归路，又撑入荷深处。知他是西湖恋我，我恋西湖。

秋

洞箫歌，问当年赤壁乐如何？比西湖画舫争些个。一样烟波，有吟人景便多。四海诗名播，千载谁酬和。知他是东坡让我，我让东坡。

冬

撚冰髭，绕孤山枉了费寻思。自逋仙去后无高士，冷落幽姿，道梅花不要诗。休说推敲字，效杀颦难似。知他是西施笑我，我笑西施。

浪淘淘，看渔翁举网趁春潮。林间又见樵夫闹，伐木声高，比功名客更劳。虽然道，他终是心中乐。知他是渔樵笑我，我笑渔樵。

醉归来，袖春风下马笑盈腮。笙歌接到珠帘外，夜宴重开。十年前一秀才，黄齑菜，打熬到文章伯。施展出江湖气概，抖擞出风月情怀。

○ 明张禄《词林摘艳》题“醉归”，属无名氏。

【集评】

元周德清《中原音韵》：妙在“马”字上声，“笑”字去声，“一”字上声，“秀”字去声。歌至“才”字音促，“黄”字急接，且要阳字好。

〔双调〕殿前欢(八首)

贯云石

畅幽哉,春风无处不楼台。一时怀抱俱无奈,总对天开。就渊明归去来,怕鹤怨山禽怪,问甚功名在。酸斋是我,我是酸斋。

◯ 明郭勋《雍熙乐府》题“道情”。

楚怀王,忠臣跳入汨罗江。离骚读罢空惆怅,日月同光。伤心来笑一场,笑你个三闾强,为甚不身心放。沧浪污你?你污沧浪?

◯ 明郭勋《雍熙乐府》题“道情”。

觉来评,求名求利不多争。西风吹起山林兴,便了余生。白云边创草亭,便留下寻芳径,消日月存天性。知他功名戏我,我戏功名。

◯ 明郭勋《雍熙乐府》题“道情”。

怕西风,晚来吹上广寒宫。玉台不放香奁梦,正要情浓。此时心造物同,听甚霓裳弄。酒后黄鹤送。山翁醉我,我醉山翁。

怕相逢，怕相逢歌罢酒樽空。醉归来纵有阳台梦，云雨无踪。楼心月扇影风，情缘重，恨不似钗头凤。东阳瘦损，羞对青铜。

怕秋来，怕秋来秋绪感秋怀。扫空阶落叶西风外，独立苍苔。看黄花漫自开，人安在，还不彻相思债。朝云暮雨，都变了梦里阳台。

隔帘听，几番风送卖花声。夜来微雨天阶净，小院闲庭，轻寒翠袖生。穿芳径，十二阑干凭。杏花疏影，杨柳新晴。

数归期，绿苔墙划损短金篦。裙刀儿刻得阑干碎，都为别离。西楼上雁过稀，无消息，空滴尽相思泪。山长水远，何日回归。

〔双调〕殿前欢（五首）

张可久

月笼沙，十年心事付琵琶。相思懒看帏屏画，人在天涯。春残豆蔻花，情寄鸳鸯帕，香冷荼蘼架。旧游台榭，晓梦窗纱。

○ 元张可久《小山乐府》题“离思”。

总宜船，绿情红意雨余天。盈盈皓月明如练，棹举冰田。神仙太乙莲，图画崔徽面，才思班姬扇。新诗象管，古调冰弦。

◯ 元张可久《小山乐府》题“西湖晚晴”。

锦缠头，粉筝低按舞凉州。佳人一去春残后，香冷云兜。晴山翠黛愁，绿水罗裙皱，细柳宫腰瘦。梨花暮雨，燕子空楼。

◯ 元张可久《小山乐府》题“客中忆别”。

和酸斋

钓鱼台，十年不上野鸥猜。白云来往青山在，对酒开怀。欠伊周济世才，犯刘阮贪杯戒，还李杜吟诗债。酸斋笑我，我笑酸斋。

和酸斋

唤归来，西湖山上野猿哀。二十年多少风流债，花落花开。望云霄拜将台，袖星斗安邦策，破烟月迷魂寨。酸斋笑我，我笑酸斋。

〔双调〕殿前欢(二首)

刘时中

醉翁酡，醒来徐步杖藜拖。家童伴我池塘坐，鸥鹭清波，映水红莲五六科。秋光过，两句新题破。秋霜残菊，夜雨枯荷。

醉颜酡，太翁庄上走如梭。门前几个官人坐，有虎皮驮驮。呼王留唤伴哥，无一个，空叫得喉咙破。人踏了瓜果，马践了田禾。

〔双调〕殿前欢(二首)

阿里西瑛

后　尾

懒云窝，醒时诗酒醉时歌。瑶琴不理抛书卧，尽自磨陀。想人生待则么？富贵比花开落，日月似撺梭过。呵呵笑我，我笑呵呵。

○ 元杨朝英《太平乐府》题“懒云窝”。

【集评】

明蒋一葵《尧山堂外纪》：阿里西瑛，耀卿学士之子，有居号“懒云窝”，用《殿前欢》词歌以自述。

懒云窝，客至待如何。懒云窝里和衣卧，尽自婆娑。想人生待则么？贵比我高些个，富比我憁些个。呵呵笑我，我笑呵呵。

【集评】

明杨慎《词徵》：考懒云窝在吴城东北隅，元里西瑛所居地也。

〔双调〕殿前欢

杨朝英

和前韵

白云窝，樵童斟酒牧童歌。醉时林下和衣卧，半世磨陀。富和贫伊甚么？自有闲功课，共野叟闲吟和。呵呵笑我，我笑呵呵。

【集评】

元周德清《中原音韵》："白"字不能歌。呜呼，言语可不究乎！

卷　四

小　令

〔越调〕天净沙(八首)

白　朴

春

春山暖日和风，阑干楼阁帘栊。杨柳秋千院中。啼莺舞燕，小桥流水飞红。

夏

云收雨过波添，楼高水冷瓜甜。绿树阴垂画檐。纱幮藤簟，玉人罗扇轻缣。

秋

孤村落日残霞，轻烟老树寒鸦。一点飞鸿影下。青山绿水，白草红叶黄花。

冬

一声画角谯门，半庭新月黄昏。雪里山前水滨。竹篱茅舍,淡烟衰草孤村。

春

暖风迟日春天,朱颜绿鬓芳年。挈榼携童跨蹇。溪山佳处,好将春事留连。

○ 元杨朝英《太平乐府》属朱庭玉。

夏

参差竹笋抽簪,累垂杨柳攒金。旋趁庭槐绿阴。南风解愠,快哉消我烦襟。

○ 元杨朝英《太平乐府》属朱庭玉。

秋

庭前落尽梧桐,水边开彻芙蓉。解与诗人意同。辞柯霜叶,飞来就我题红。

○ 元杨朝英《太平乐府》属朱庭玉。

冬

门前六出花飞,尊前万事休提。为问东君消息。急教人探，小梅江上先知。

◯ 元杨朝英《太平乐府》属朱庭玉。

〔越调〕天净沙

严忠济

宁可少活十年，休得一日无权。大丈夫时乖命蹇。有朝一日天随人愿，赛田文养客三千。

〔越调〕天净沙(四首)

商　衟

寒梅清秀谁知，霜禽翠羽同期。潇洒寒塘月淡，暗香幽意，一枝雪里偏宜。

剡溪媚压群芳，玉容偏称宫妆。暗惹诗人断肠。月明江上，一枝弄影飘香。

野桥当日谁栽，前村昨夜先开。雪散珍珠乱筛。多情娇态，一枝风送香来。

雪飞柳絮梨花，梅开玉蕊琼葩。云淡帘筛月华。玲珑堪画，一枝瘦影窗纱。

〔越调〕天净沙（五首）

张可久

金莲万炬花开，玉梅千树香来。灯市东风暮霭。彩云天外，紫箫人倚瑶台。

○ 元张可久《小山乐府》题“元夕”。

碧桃花下帘旌，绿杨影里旗亭。几处莺呼燕请。马嘶芳径，典衣索做清明。

○ 元张可久《小山乐府》题“清明日郊行”。

倚阑月到天心，隔墙风动花阴。一刻良宵万金。宝筝闲枕，可怜少个知音。

○ 元张可久《小山乐府》题“月夜”。

月明今夜阑干，云深何处关山。万里青天醉眼。倚楼长叹，柳阴闲杀渔竿。

○ 元张可久《小山乐府》题“浮雪楼夜坐”。

嗈嗈落雁平沙，依依孤鹜残霞。隔水疏林几家。小舟如画，渔歌唱入芦花。

○ 元张可久《小山乐府》题“江上”。

〔越调〕小桃红(八首)

杨　果

碧湖湖上采芙蓉，人影随波动。凉露沾衣翠绡重，月明中，画船不载凌波梦。都来一段，红幢翠盖，香尽满城风。

满城烟水月微茫，人倚兰舟唱。常记相逢若耶上，隔三湘，碧云望断空惆怅。美人笑道：莲花相似，情短藕丝长。

采莲人和采莲歌，柳外兰舟过，不管鸳鸯梦惊破。夜如何？有人独上江楼卧。伤心莫唱，南朝旧曲，司马泪痕多。

碧湖湖上柳阴阴，人影澄波浸。常记年时对花饮，到如今，西风吹断回文锦。羡他一对，鸳鸯飞去，残梦蓼花深。

玉箫声断凤凰楼，憔悴人别后。留得啼痕满罗袖。去来休，楼前风景浑依旧。当初只恨，无情烟柳，不解系行舟。

芡花菱叶满秋塘，《水调》谁家唱。帘卷南楼日初上，采秋香，画船稳去无风浪。为郎偏爱，莲花颜色，留作镜中妆。

锦城何处是西湖？杨柳楼前路。一曲莲歌碧云暮。可怜渠，画船不载离愁去。几番曾过，鸳鸯汀下，笑煞月儿孤。

采莲湖上棹船回，风约湘裙翠。一曲琵琶数行泪，望君归，芙蓉开尽无消息。晚凉多少，红鸳白鹭，何处不双飞。

〔越调〕小桃红(四首)

马致远

四公子宅赋 春

画堂春暖绣帏重，宝篆香微动。此外虚名要何用？醉乡中，东风唤醒梨花梦。主人爱客，寻常迎送，鹦鹉在金笼。

四公子宅赋 夏

映帘十二挂珍珠，燕子时来去。午梦薰风在何处，问青奴，冰敲宝鉴玎珰玉。兀的不胜如，石家争富，击破紫珊瑚。

四公子宅赋 秋

碧纱人歇翠纨闲，觉后微生汗。乞巧楼空夜筵散，袜生寒，青苔砌上观银汉。流萤几点，井梧一叶，新月曲阑干。

四公子宅赋　冬

两轩修竹凤凰栖，雪压玲珑翠。惯得闲人日高睡，赖花医，扶头枕上多风味。门前怪得，狂风无力，家有辟寒犀。

〔越调〕小桃红(七首)

张可久

一城秋雨豆花凉，闲倚平山望。不似年时鉴湖上，锦云香，采莲人语荷花荡。西风雁行，清溪渔唱，吹恨入沧浪。

◯ 元张可久《小山乐府》题“寄鉴湖诸友”。

鉴湖一曲水云宽，鸳锦秋成段。醉舞花间影零乱，夜漫漫，小舟只向西林唤。仙人梦短，长天月满，玉女驾青鸾。

◯ 元张可久《小山乐府》题“鉴湖夜泊”。

倚阑花影背东风，暗解清宵梦。舞扇歌衫与谁共？恨冲冲，一春愁压眉山重。灯花玉虫，罗屏金凤，残月小帘栊。

◯ 元张可久《小山乐府》题“春思”。

几场秋雨老黄花，不管离人怕。一曲哀弦泪双下，放琵琶，挑灯羞看围屏画。声悲玉马，愁新罗帕，恨不到天涯。

◯ 元张可久《小山乐府》题“离情”。

研金罗扇当花笺，醉草《湘妃怨》。曲曲阑干锦屏面，小壶天，花花按舞《六幺》遍。寒玉响泉，香风深院，明月十三弦。

◯ 元张可久《小山乐府》题“夜宴”。

翩翩白鹭伴诗癯，船系青山暮。一曲瑶筝写幽素。夜何如？飞吟亭上神仙路。琼楼玉宇，白云红树，月冷洞庭湖。

◯ 元张可久《小山乐府》题“夜宴”。

一方明月杏花坛，剑气霞光烂。回首蓬莱自长叹，佩秋兰，黄精已勾山中饭。劳心又懒，干名不惯，归伴野云闲。

◯ 元张可久《小山乐府》题“山中”。

〔越调〕小桃红

杨朝英

题写韵轩

当年相遇月明中，一见情缘重。谁想仙凡隔春梦，杳无踪，凌风跨虎归仙洞。今人不见，天孙标致，依旧笑春风。

〔越调〕凭阑人（七首）

姚　燧

博带峨冠年少郎，高髻云鬟窈窕娘。我文章你艳妆，你一斤咱十六两。

马上墙头瞥见他，眼角眉尖拖逗咱。论文章他爱咱，睹妖娆咱爱他。

织就回文停玉梭，独守银灯思念他。梦儿里休呵，觉来时愁越多。

宫髻高盘铺绿云，仙袂轻飘兰麝薰。粉香罗帕新，未曾淹泪痕。

羞对鸾台梳绿云，两叶春山眉黛颦。强将脂粉匀，几回填泪痕。

寄与多情王子乔，今夜佳期休误了。等夫人熟睡着，悄声儿窗外敲。

两处相思无计留，君上孤舟妾倚楼。这些兰叶舟，怎装如许愁。

〔越调〕凭阑人(五首)

张可久

远水晴天明落霞,古岸渔村横钓艖。翠帘沽酒家,画桥吹柳花。

◯ 元张可久《小山乐府》题“湖上”。

二客同游过虎溪,一径无尘穿翠微。寸心流水知,小窗明月归。

◯ 元张可久《小山乐府》题“湖上”。

灯下愁春愁未醒,枕上吟诗吟未成。杏花残月明,竹根流水声。

◯ 元张可久《小山乐府》题“春夜”。

莺羽金衣舒晚风,燕嘴香泥沾乱红。翠帘花影重,玉人春睡浓。

◯ 元张可久《小山乐府》题“春思”。

春柳长亭倾酒尊，秋菊东篱洒泪痕。思君不见君，倚门空闭门。

○ 元张可久《小山乐府》题“春思”。

〔越调〕寨儿令

刘时中

夜已阑，灯将灭，纱窗外昏擦剌月儿斜。越求和越把个身子儿趄。耳轮儿做死的扯，吃敲才拼定也子怕你悔去也。

〔中吕〕满庭芳(二首)

姚燧

天风海涛，昔人曾比，酒圣诗豪。我到此闲登眺，日远天高。山接水茫茫渺渺，水连天隐隐迢迢。供吟笑，功名事了，不待老僧招。

帆收钓浦，烟笼浅沙，水满平湖。晚来尽滩头聚，笑语相呼。鱼有剩和烟旋煮，酒无多带月须沽。盘中物，山肴野蔬，且尽葫芦。

〔中吕〕满庭芳(二首)

无名氏

霜天月满,渔歌江浦,鹤唳林峦。小舟尽日随烟爨,世味休干。芦花被山中冷暖,芰荷裳身上衣冠。无人唤,鸡声不管,高枕听鸣湍。

疏林暮鸦,聚鱼远浦,落雁寒沙。青山隐隐夕阳下,远水蒹葭。鸭头绿一江浪花,鱼尾红几缕残霞。云帆挂,星河客槎,万里寄天涯。

〔中吕〕满庭芳(八首)

张可久

人生可怜,流光一瞬,华表千年。江山好处追游遍,古意翛然。琵琶恨青衫乐天,洞箫寒赤壁坡仙。村酒好溪鱼贱,芙蓉岸边,醉上钓鱼船。

○ 元张可久《小山乐府》题“山中杂兴”。

风波几场,急疏利锁,顿解名缰。故园老树应无恙,梦绕沧浪。伴赤松归欤子房,赋寒梅瘦却何郎。溪桥上,东风暗香,浮动月昏黄。

○ 元张可久《小山乐府》题“山中杂兴”。

寻思几般，围腰玉瘦，约腕金宽。怕春归又是春将半，信杳青鸾。赋离恨花笺短短，散清愁柳絮漫漫。阑干畔，芳枝绿满，梅子替心酸。

○ 元张可久《小山乐府》题“山中杂兴”。

【集评】

明杨慎《词徵》：句法偶与词合，然“畔”、“满”是韵，音响究异。丰约中度，旋复回还，宜其居关、马诸人之上。

相思故人，钗分恨股，粉印娇痕。数归期屈得春纤困，两地消魂。楼外青山隐隐，花前红雨纷纷。天涯近，回头楚云，新月破黄昏。

○ 元张可久《小山乐府》题“山中杂兴”。

分飞断肠，花笺写恨，粉腕留香。临行休倚危楼望，总是凄凉。人去去寒烟树苍，马萧萧落日沙黄。牙床上，相思夜长，翠被梦鸳鸯。

○ 元张可久《小山乐府》题“送别”。

愁春未醒，芳心可可，旧友卿卿。乍分飞早是相思病，几度伤情。思往事银瓶坠井，赋离怀象管呵冰。人孤另，梅花月明，熬尽短檠灯。

○ 元张可久《小山乐府》题“送别”。

西风瘦马，遥天去雁，落日昏鸦。数前程掐得个归藏卦，梦到山家。柳下纶竿钓艖，水边篱落梅花。渔樵话，从头儿听他，白发耐乌纱。

○ 元张可久《小山乐府》题“金华道中”。

营营苟苟，纷纷扰扰，莫莫休休。厌红尘拂断归山袖，明月扁舟。留几册梅诗占手，盖三间茅屋遮头。还能够，牧羊儿肯留，相伴赤松游。

○ 元张可久《小山乐府》题“金华道中”。

〔中吕〕普天乐

姚　燧

浙江秋，吴山夜。愁随潮去，恨与山叠。塞雁来，芙蓉谢。冷雨青灯读书舍，待离别怎忍离别。今宵醉也，明朝去也，宁耐些些。

○ 明张禄《词林摘艳》题“别友”，属无名氏。

【集评】

元周德清《中原音韵》：造语、音律、对偶、平仄皆好。“叠”字与“别”字俱是入声作平声字，下得妥贴。

〔中吕〕普天乐(二首)

张可久

白头新，黄花瘦。长天北斗，明月南楼。吹残碧玉箫，泪满青衫袖。唤起嫦娥为君寿，舞西风桂子凉秋。百年故侯，千钟美酒，一片闲愁。

○ 元张可久《小山乐府》题“胡容斋使君席间”。

凤钗分，鸳衾另。轻轻离别，小小前程。花开渭水秋，酒尽阳关令。不管佳人愁成病，载琴书画舸无情。今宵月明，声沉玉笙，影淡银灯。

○ 元张可久《小山乐府》题“赠别”。

〔中吕〕红绣鞋(三首)

贯云石

东村醉西村依旧，今日醒来日扶头。直吃得海枯石烂恁时休。将屠龙剑，钓鳌钩，遇知音都去做酒。

○ 明无名氏《乐府群珠》题“痛饮”。

雪香兰高侵云鬓，玉灵芝斜捧乌云。轮靥里包藏着些粉霜痕。耳垂儿冰雪掿，小孔儿里都是玉酥湮。只被这业环儿把他掩逗损。

挨着靠着云窗同坐，偎着抱着月枕双歌。听着数着愁着怕着早四更过。四更过情未足，情未足夜如梭。天哪，更闰一更妨甚么。

○ 明无名氏《乐府群珠》题“欢情”。

〔中吕〕红绣鞋(十首)

无名氏

老夫人宽洪海量，去筵席留下梅香。不付能今朝恰停当。款款的分开罗帐，慢慢的脱了衣裳。却原来纸条儿封了裤裆。

○ 明无名氏《乐府群珠》题“偷欢”。

掐掐拈拈寒贱，偷偷抹抹姻缘。幕天席地枕头砖。或是厨灶底，马栏边，忍些儿却怕敢气喘。

背地里些儿欢笑,手指儿何曾汤着。只听得擦擦鞋鸣早来到。又那里挨窗儿听,倚门儿瞧,把我一个敢心都唬了。

不付能寻得个题目,点银灯推看文书。被肉铁索夫人紧缠住。又使得他煎茶去,又使得他做衣服,到熬得我先睡去。

手约开红罗帐,款抬身擦下牙床。低欢会共你着银釭。轻轻的鞋底儿放,脚不敢把地皮儿汤,又早被这告舌头门扇儿响。

款款的分开罗帐,轻轻的擦下牙床。栗子皮踏着不提防。惊得胆丧,唬得魂扬,便是震天雷不恁响。

虽是间阻了咱十朝五夜,你根前没半米儿心别。不付能带酒的夫人睡着些。休死势,莫佯斜,直睡到他觉来时回去也。

结斜里焦天撇地,横枝儿苫眼铺眉。吉料子三千般儿碎收拾。被窝儿里闲唧哝,枕头儿上冷禁持,又是那没前程的调泛你。

背地里些儿欢爱,对人前怎敢明白。情性的夫人又早撞将来。拦着粉颈,落香腮,吃取他儿红绣鞋。

小妮子顽涎不退,老敲才饱病莫医。做死的人前讳床食。也不索便问事,也不索下钳锤,对我吃半碗带冰凌的凉酪水。

〔中吕〕红绣鞋(五首)

张可久

百五日清明节假,两三攒绿暗人家。客子飘零尚天涯。春风轻柳絮,夜雨瘦梨花。绿杨阴谁系马?

○ 元张可久《小山乐府》题“春日湖上”。

绿树当门酒肆,红妆映水鬟儿。眼底殷勤座间诗。尘埃三五字,杨柳万千丝,记年时曾到此。

○ 元张可久《小山乐府》题“春日湖上”。

金错落尊前酒令,玉娉婷乐府新声。夜深花睡嫩寒生。一围云锦树,四面雪芳亭,月斜时人未醒。

○ 元张可久《小山乐府》题“雪芳亭”。

圆旧梦衾闲锦绣，按新声弦断箜篌。满襟离思倦登楼。花寒鹦鹉病，春去杜鹃愁，倚阑人困酒。

○ 元张可久《小山乐府》题“春晚”，元无名氏《乐府群玉》题“春寒”。

金莲步苍苔小径，玉钩垂翠竹闲亭。物换星移暗伤情。游鱼翻冻影，啼鸟犯春声，落梅香暮景。

○ 元张可久《小山乐府》题“岁暮”。

〔中吕〕**喜春来**(四首)

张可久

雁啼秋水移冰柱，蚁泛春波倒玉壶。绿杨花谢燕将雏。人笑语，游遍贺家湖。

○ 元张可久《小山乐府》题“鉴湖春日”。

落红小雨苍苔径，飞絮东风细柳营。可怜客里过清明。不待听，昨夜杜鹃声。

○ 元张可久《小山乐府》题“金华客舍”。

荷盘敲雨珠千颗，山背披云玉一蓑。半篇诗景费吟哦。芳草坡，松外采茶歌。

◯ 元张可久《小山乐府》题“永康驿中”。

收云敛雨销金帐，望月瞻星傅粉郎。欢天喜地小红娘。来要赏，花影过东墙。

◯ 元张可久《小山乐府》题“春夜”。

〔中吕〕山坡羊

薛昂夫

销金锅在，涌金门外，戗金船少欠西湖债。列金钗，捧金台，黄金难买青春再，范蠡也曾金铸来。金，安在哉？人，安在哉？

◯ 明无名氏《乐府群珠》题“咏金叹世”。

〔中吕〕朝天曲

无名氏

尽教，便了，由尔纵横闹。纱笼影里马头高，早雪拥蓝关道。休喜休欢，休烦休恼，只争个迟共早。比甘罗不小，比太公未老，须有日应心道。

〔中吕〕朝天曲(二十二首)

薛昂夫

沛公，《大风》，也得文章用。却教猛士叹良弓，多了游云梦。驾驭英雄，能擒能纵，无人出彀中。后宫，外宗，险把炎刘并。

子牙，鬓华，才上非熊卦。争些老死向天涯，只恁垂钩罢。满腹天机，天人齐发，武王任不差。用他，讨罚，一怒安天下。

伍员，报亲，多了鞭君忿。可怜悬首在东门，不见包胥恨。半夜潮声，千年孤愤，钱塘万马奔。骇人，怒魂，何似吹箫韵。

卞和，抱璞，只合荆山坐。三朝不遇待如何，两足先遭祸。传国争符，伤身行货，谁教献与他。切磋，琢磨，何似偷敲破。

邵平，不平，楚汉争秦鼎。将军便去作园丁，软了英雄性。瓜苦瓜甜，秦衰秦盛，青门浪得名。此生，本轻，不是封侯命。

假王，气昂，跨下羞都忘。提牌不过一中郎，漂母曾相饷。蒯彻名言，将军将强，良弓不早藏。未央，法场，险似坛台上。

叔孙，讨论，早定君臣分。礼成文武两班分，舞蹈扬尘顺。拔剑争功，垂绅消忿，方知天子尊。武臣，勇人，也被书生困。

丙吉，宰执，燮理阴阳气。有司不问尔相推，人命关天地。牛喘非时，何须留意，原来养得肥。早知，好吃，杀了供堂食。

子陵，价轻，便入刘郎聘。等闲赢得一虚名，卖了先生姓。百尺丝纶，千年高兴，偶然一足横。帝星，客星，不料天文应。

董永，卖身，孝感天心顺。谁知织女是天孙，同受为奴困。自有牛郎，佳期将近，书生休认真。本因，孝亲，不是夫妻分。

老莱，戏采，七十年将迈。堂前取水作婴孩，犹欲双亲爱。东倒西歪，佯啼颠拜，虽然称孝哉。上阶，下阶，跌杀休相赖。

董卓，巨饕，为恶天须报。一脐然出万民膏，谁把逃亡照。谋位藏金，贪心无道，谁知没下梢。好教，火烧，难买棺材料。

杜甫，自苦，踏雪寻梅去。吟肩高耸冻来驴，迷却前村路。暖阁红炉，儿家门户，玉纤捧绿醑。假如，便俗，也胜穷酸处。

洞宾，道人，未到天仙分。岳阳三醉洞庭春，卖墨无人问。欲斩黄龙，青蛇犹钝，纯阳能几分。养真，炼神，却被仙姑困。

伯牙，韵雅，自与松风话。高山流水淡生涯，心与琴俱化。欲铸钟期，黄金无价，知音人既寡。尽他，爨下，煮了仙鹤罢。

则天，改元，雌鸟长朝殿。昌宗出入二十年，怀义阴功健。四海淫风，满朝窑变，《关雎》无此篇。弄权，妒贤，却听梁公劝。

孟母，丧夫，教子迁离墓。再迁市井厌屠沽，迁傍芹宫住。如此三迁，房钱无数，方成一大儒。问猪，引取，好辩长于喻。

弄玉，度曲，只道吹箫苦。谁知凤只和鸾孤，吹到声员处。明月台空，萧郎同去，秦王一叹吁。假如，嫁夫，明白人间住。

彩鸾，怕寒，甲帐无人伴。文箫连累堕人间，卖《韵》供烟爨。谁使思凡，尘缘难断，羞还玉女班。紫坛，犯奸，误了朝元限。

禄山，玉环，子母肠难断。何须兵变陷长安，且向宫中乱。赶得三郎，鸾舆逃窜，连云蜀道难。内奸，外反，误却霓裳慢。

老矣，倦矣，消减尽风云气。世情嚼蜡烂如泥，不见真滋味。蜗角虚名，蝇头微利，便得来真做的。布衣，袖里，试屈指英雄辈。

好官，也兴阑，早勇退身无患。人生六十便宜闲，十载疏狂限。买两个丫鬟，自拈牙板，一个歌一个弹。醒时节过眼，醉时节破颜，能到此是英雄汉。

〔中吕〕**朝天曲**(三首)

张可久

罢手，去休，已落渊明后。百年心事付沙鸥，更谁是忘机友。洞口渔舟，桥边村酒，这清闲何处有。树头，锦鸠，花外啼清昼。

◯ 元张可久《小山乐府》题“山中杂书”。

夜长，未央，盼杀鸡三唱。东华听漏满靴霜，却笑渊明强。月朗禅床，风清鹤帐，梦不到名利场。草堂，暗香，春到了梅梢上。

◯ 元张可久《小山乐府》题“山中杂书”。

玉鞭，翠钿，记马上昭君面。一梭银线解冰泉，碎拆骊珠串。雁舞秋烟，莺啼春院，伤心塞草边。醉仙，采笺，写不尽关山怨。

◯ 元张可久《小山乐府》题“酸斋席上听胡琴”。

〔中吕〕醉高歌带过红绣鞋

贯云石

看别人鞍马上胡颜，叹自己如尘世污眼。英雄谁识男儿汉，岂肯向人行诉难。　　阳气盛冰消北岸，暮云遮日落西山。四时天气尚轮还。秦甘罗疾发禄，姜吕望晚登坛。迟和疾时运里趱。

〔仙吕〕醉中天(四首)

无名氏

咏 鞋

料想人如画，三寸玉无瑕。底样儿分明印在沙，半折些娘大。着眼柳条儿比下。实实不要，阴干时刻两个桃牙。

哀告花笺纸，嘱付笔尖儿。笔落花笺写就词，都为风流事。寄与多情艳姿。既一心无二，偷功夫应付些儿。

欲回信难寻纸，就旧简写新词。两件儿，都是牵情事。寄与风流秀士。咱一心无二，断肠人好处相思。

已冷金鸾帐，空暖玉莲汤。不忆宫中睡海棠，零落在嵬坡上。泪湿东君赭黄。环儿何在，马嵬千载尘乡。

〔仙吕〕锦橙梅

无名氏

斯收拾斯定当，越拘束着越荒唐。入门来不带酒厮禁持，觑不得娘香胡相。恁娘又不是女娘，绣房中不是茶坊，甘不过这不良。唤梅香，快扶入那销金帐。

卷　五

小　令

〔仙吕〕后庭花(十首)

吕止庵

一声《金缕》词，十分金菊卮。金刃分甘蔗，金盘荐荔枝。不须辞，太平无事，正宜沉醉时。

〇 明郭勋《雍熙乐府》题“酒兴”。

相逢饮兴狂，两鳌风味长。鲜鲫银丝脍，金锥拆蛎房。透瓶香，经年佳酝，陶陶入醉乡。

〇 明郭勋《雍熙乐府》题“酒兴”。

风满紫貂裘，霜合白玉楼。锦帐羊羔酒，山阴雪夜舟。党家侯，一般乘兴，亏他王子猷。

〇 明郭勋《雍熙乐府》题“酒兴”。

西风黄叶疏，一年音信无。要见除非梦，梦回总是虚。

梦虽虚，犹兀自暂时节相聚，近新来和梦无。

○ 明郭勋《雍熙乐府》题“秋思”。

西风黄叶稀，南楼北雁飞。揾妾灯前泪，缝君身上衣。约归期，清明相会，雁还也人未归。

○ 明郭勋《雍熙乐府》题“秋思”。

六桥烟柳鬟，两峰云树分。罗袜移芳径，华裙生暗尘。冷泉春，赏心乐事，水边多丽人。

○ 明郭勋《雍熙乐府》题“冷泉亭四时景”。

碧湖环武林，仙舟出湧金。南国山河在，东风草木深。冷泉阴，兴亡如梦，伤时折寸心。

○ 明郭勋《雍熙乐府》题“冷泉亭四时景”。

香飘桂子楼，凉生莲叶舟。落日鸳鸯浦，西风鹦鹉洲。冷泉秋，水西寻寺，题诗忆旧游。

○ 明郭勋《雍熙乐府》题“冷泉亭四时景”。

江南春已通，陇头人未逢。水浅梅横月，山明雪映松。

冷泉冬，烹茶无味，有人锦帐中。

○ 明郭勋《雍熙乐府》题“冷泉亭四时景”。

塔标南北峰，风闻远近钟。佛国三天竺，禅关九里松。冷泉中，水光山色，岩花颠倒红。

〔仙吕〕醉扶归(三首)

吕止轩

瘦后因他瘦，愁后为他愁。早知伊家不应口，谁肯先成就。营勾了人也罢手，吃得我些酩子里骂低低的咒。

○ 明张栩《彩笔情辞》题“讪意”。

频去教人讲，不去自家忙。若得相思海上方，不到得害这些闲磨障。你笑我眠思梦想，则不打到你头直上。

有意同成就，无意大家休。几度相思几度愁，风月虚遥授。你若肯时肯不肯时罢手，休把人空掩逗。

〔仙吕〕醉扶归

王和卿

我嘴揾着他油鬏髻，他背靠我胸皮。早难道香腮左右偎，则索项窝里长吁气。一夜何曾见他面皮，则是看一宿牙梳背。

〔仙吕〕游四门(六首)

无名氏

野塘花落杜鹃啼，啼血送春归。花开不拚花前醉，醉里又伤悲。伊，快活了是便宜。

◯ 明郭勋《雍熙乐府》题“自娱”。

柳绵飞尽绿丝垂，则管送别离。年年折尽依然翠，行客几时回。伊，快活了是便宜。

◯ 明郭勋《雍熙乐府》题“自娱”。

落红满地湿胭脂，游赏正宜时。呆才料不顾蔷薇刺，贪折海棠枝。支，抓破绣裙儿。

◯ 明郭勋《雍熙乐府》题“自娱”。

海棠花下月明时，有约暗通私。不付能等得红娘至，欲审旧题诗。支，关上角门儿。

○ 明郭勋《雍熙乐府》题“自娱”。

前程万里古相传，今日果如然。烟波名利虽荣显，何日是归年。天，杜宇枉熬煎。

○ 明郭勋《雍熙乐府》题“自娱”。

琴书笔砚作生涯，谁肯恋荣华。有时相伴渔樵话，兴尽饮流霞。嗏，不醉不归家。

○ 明郭勋《雍熙乐府》题“自娱”。

〔正宫〕黑漆弩

无名氏

侬家鹦鹉洲边住，是一个不识字渔父。浪花中一叶扁舟，睡煞江南烟雨。　觉来时满眼青山暮，抖擞着绿蓑归去。算从前错怨天公，甚也有安排我处。

○ 明朱权《太和正音谱》属白贲作。

【集评】

吴梅《顾曲麈谈》：此词亦不减“西塞山”风致也。

〔正宫〕黑漆弩和前韵(七首)

冯子振

钱塘初夏

钱塘江上亲曾住,司马槱不是村父。缕金衣唱彻流年,几阵纱窗梅雨。　梦回时不见犀梳,燕子又衔春去。便人间月缺花残,是小小香魂断处。

【集评】

元冯子振原序:白无咎有《鹦鹉曲》"侬家鹦鹉洲边住"云云。余壬寅岁留上京,有北京伶妇御园秀之属相处风雪中,恨此曲无续之者,且谓前后多亲炙士大夫,拘于韵度,如第一个父字便难下语。又"甚也有安排我处","甚"字必须去声字,"我"字必须上声字音律始谐,不然不可歌,此一节又难下语。诸公举酒索余和之,以汴吴上都天京风景试续之。

溪山小景

长绳短系虚名住,倾浊酒劝邻父。草亭前矮树当门,画出轻烟疏雨。　看燕南陌上红尘,马耳北风吹去。一年年月夜花朝,自占取溪山好处。

四皓屏

张良更姓圯桥住,夜待旦遇个师父。一编书不为封留,字字咸阳膏雨。　借箸筹灭项兴刘，到底学神仙去。待商山四皓还山，再不恋人间险处。

逃吴辞楚无家住，解宝剑赠津父。十年间隶越鞭荆，怒卷秋江潮雨。　想空城组练三千，白马素车回去。又逡巡月上波平，暮色在烟光紫处。

赪肩腰斧登山住，耐的苦是采薪父。乱云升急澍飞来，拗折青松遮雨。　记年时雪断溪桥，晓渡前湾归去。买臣妻富贵来寻，气焰到寒灰冷处。

青衫司马江州住，月夜笛厌听村父。甚有传旧谱琵琶，切切嘈嘈檐雨。　薄情郎又泛茶船，近日又浮梁去。说相逢总是天涯，诉不尽柔肠苦处。

才郎于祐咸阳住，是个不识字的田父。御沟西绿水东流，乍歇长安秋雨。　恨匆匆一片题情，红叶为谁流去。恰殷勤离得深宫，便得到人间好处。

【集评】

元邓子晋《太平乐府考》：是编首采海粟所和白仁甫《黑漆弩》，盖嘉其字按四声，字字不苟，辞壮而丽，不淫不伤。

〔正宫〕小梁州(三首)

贯云石

朱颜绿鬓少年郎,都变做白发苍苍。尽教他花柳自芬芳,无心赏,不趁燕莺忙。〔么〕东家醉了东家唱,西家再醉何妨。醉的强,醒的强。百年浑是醉,三万六千场。

桃花如面柳如腰,他生的且自妖娆。醉阑乘兴会今宵,低低道,无语眼儿瞧。〔么〕揣着个羞脸儿娘行告,百般的撒吞妆夭。气的我心下焦,空憋懆,莫不姻缘簿上,前世暗勾消?

相偎相抱正情浓,争忍西东。相逢争似不相逢,愁添重,我则怕画楼空。〔么〕垂杨渡口人相送,拜深深暗祝东风。他去的高挂起帆,则愿休吹动。刚留一宿,天意肯相容。

〔正宫〕小梁州(二首)

张可久

玉壶春水浸晴霞,景物奢华。彩船歌管间琵琶,青旗挂,沽酒是谁家。〔么〕夕阳一带山如画,数投林万点寒鸦。曲水边,孤山下,游人归去,明月管梅花。

○ 元张可久《小山乐府》题“春游晚归”。

秋风江上棹孤航，烟水茫茫。白云西去雁南翔。推篷望，情思满沧浪。〔幺〕东篱误约陶元亮，过了重阳。自感伤，何情况，黄花惆怅，空作去年香。

【原注】右二首原版缺，抄补在此。

○ 明汤式《笔花集》属汤式。

〔正宫〕塞鸿秋(三首)

郑光祖

门前五柳侵江路，庄儿紧靠白蘋渡。除彭泽县令无心做，渊明老子达时务。频将浊酒沽，识破兴亡数，醉时节笑捻着黄花去。

雨余梨雪开香玉，风和柳线摇新绿，日融桃锦堆红树，烟迷苔色铺青褥。王维旧画图，杜甫新诗句。怎相逢不饮空归去。

金谷园那得三生富，铁门限枉作千年妒。汨罗江空把三闾污，北邙山谁是千钟禄。想应陶令杯，不到刘伶墓。怎相逢不饮空归去。

〔正宫〕**塞鸿秋**

薛昂夫

功名万里忙如燕，斯文一脉微如线。光阴寸隙流如电，风霜两鬓白如练。尽道便休官，林下何曾见。至今寂寞彭泽县。

〔商调〕**知秋令**即梧叶儿(**四首**)

吕止庵

为董针姑作

心间事，肠断时，醉墨写乌丝。千金字，织锦词，绣针儿。不比莺儿燕子。

◯ 明郭勋《雍熙乐府》题“相思”。

相思病，万种情，几度海山盟。谁薄幸，谁至诚，更能行。到底如何离影。

◯ 明郭勋《雍熙乐府》题“相思”。

情如辞，闷似痴，春瘦怯春衣。添憔悴，废寝食，减腰肢。怎脱厌厌病体。

○ 明郭勋《雍熙乐府》题“相思”。

为董针姑作

千金字，万古心，翻作断肠吟。恩情厚，怨恨深，不知音。谁会重拈绣针。

○ 明郭勋《雍熙乐府》题“相思”。

〔商调〕知秋令(四首)

吴弘道

春三月，夜五更，孤枕梦难成。香销尽，花弄影，此时情。辜负了窗前月明。

○ 明郭勋《雍熙乐府》题“相思”。

花前约，月下期，欢笑忽分离。相思害，憔悴死，诉与谁？只有天知地知。

○ 明郭勋《雍熙乐府》题“相思”。

乜斜害，药难医，陡峻恶相思。懊悔自，埋怨你，见面时。说几句知心话儿。

◯ 明郭勋《雍熙乐府》题“相思”。

桃花树，落绛英，和闷过清明。风才定，雨乍晴，绣针停。短叹长吁几声。

◯ 明郭勋《雍熙乐府》题“相思”。

〔商调〕知秋令(四首)

张可久

溯月兰舟便，歌云翠袖勤，湖上绝纤尘。瓜剖玻璃瓮，酒倾白玉盆，鲙切水晶鳞。醉倒羲皇上人。

◯ 元张可久《小山乐府》题“夏夜即席”。

竹槛敲苍玉，蕉窗映绿纱，笑语间琵琶。月淡娑婆树，风香富贵花。俏人家，小小仙鬟过茶。

◯ 元张可久《小山乐府》题“即事”。

湖山外，杨柳边，歌舞镜中天。云弹横珠凤，花寒怯绣鸳，露冷湿金蝉。爱月佳人未眠。

◯ 元张可久《小山乐府》题“夜坐”。

长空一行雁，老树几对鸦，情思满烟沙。淡淡王维画，疏疏陶令家，脉脉武陵花。何处游人驻马。

○ 元张可久《小山乐府》题“春日郊行”。

〔大石〕初生月儿(三首)

无名氏

初生月儿悬太虚，恰似嫦娥鬓上梳。冰轮未满羡叹处。漫长吁，离恨苦，冷清清凤只鸾孤。

初生月儿一半弯，那一半团圆直恁难。雕鞍去后何日还。捱更阑，淹泪眼，虚檐外凭损阑干。

初生月儿明处少，又被浮云遮蔽了。香消烛灭人静悄。夜迢迢，难睡着，窗儿外雨打芭蕉。

〔南吕〕四块玉(八首)

刘时中

泛彩舟，携红袖，一曲新声按《伊州》。尊前更有忘机友：波上鸥，花底鸠，湖畔柳。

○ 明无名氏《乐府群珠》题“游赏”。

今日吴，明朝楚，吴楚交争几荣枯。试将历代从头数：忠孝臣，贤明主，泉下土。

○ 明无名氏《乐府群珠》题“叹世”。

看野花，携村酒，烦恼如何到心头。红缨白马难消受。二顷田，两只牛，饱时候。

○ 元无名氏《乐府新声》属马致远。

○ 明无名氏《乐府群珠》题“隐居”。

佐国心，拿云手，命里无时莫强求，随缘过得休生受。几叶绵，几匹绸，暖时候。

○ 元无名氏《乐府新声》属马致远。

○ 明无名氏《乐府群珠》题“叹世”。

利尽收，名先有，得好休时便好休。闲中自有闲中友：门外山，湖上酒，林下叟。

○ 明无名氏《乐府群珠》题“隐居”。

衣紫袍，居黄阁，九鼎沉似许由瓢。甘美无味教人笑。

弃了官，辞了朝，归去好。

万丈潭，千寻坎，一线风涛隔仙凡。识破休被功名赚。无厌心，呆大胆，谁再敢。

官况甜，公途险，虎豹重关整威严。仇多恩少皆堪叹。业贯盈，横祸满，无处闪。

〔南吕〕干荷叶（八首）

刘秉忠

干荷叶，色苍苍，老柄风摇荡。减了清香，越添黄。都因昨夜一场霜，寂寞在秋江上。

○ 明无名氏《乐府群珠》题“即名漫兴”。

干荷叶，映着枯蒲，折柄难擎露。藕丝无，倩风扶。待擎无力不乘珠，难宿滩头鹭。

【集评】

明杨慎《词品》：此秉忠自度曲，曲名“干荷叶”，即咏干荷叶，犹是唐词之意也。

根摧折，柄欹斜，翠减清香谢。恁时节，万丝绝，红鸳白鹭不能遮。憔悴损干荷叶。

干荷叶，色无多，不奈风霜挫。贴秋波，倒枝柯。宫娃齐唱采莲歌，梦里繁华过。

南高峰，北高峰，惨淡烟霞洞。宋高宗，一场空。吴山依旧酒旗风，两度江南梦。

【集评】

明杨慎《词品》：此借腔别咏，后世词例也。然其曲凄恻感慨，千古寡和也。

夜来个，醉如酡，不记花前过。醒来呵，二更过，春衫惹定茨蘼科，拌倒花抓破。

干荷叶，水上浮，渐渐浮将去。跟将你去，随将去。你问当家中有媳妇，问着不言语。

脚儿尖，手儿纤，云髻梳儿露半边。脸儿甜，话儿粘，更宜烦恼更宜欢，直恁风流倩。

〔南吕〕金字经(三首)

马致远

絮飞飘白雪，鲊香荷叶风。且向江头作钓翁。穷，男儿未济中。风波梦，一场幻化中。

○ 明无名氏《乐府群珠》题“渔隐”。

担头担明月，斧磨石上苔。且做樵夫隐去来。柴，买臣安在哉？空岩外，老了栋梁材。

○ 明无名氏《乐府群珠》题“樵隐”。

夜来西风里，九天鹏鹗飞。困煞中原一布衣。悲，故人知未知？登楼意，恨无天上梯。

○ 明无名氏《乐府群珠》题“未遂”。

〔南吕〕金字经(十一首)

吴弘道

落花风飞去，故枝依旧鲜。月缺终须有再圆。天，月圆人未圆。朱颜变，几时得重少年。

○ 明无名氏《乐府群珠》题“伤春”。

紫檀敲寒玉，绿袍飘败荷。好个春风蓝采和。歌，人生能几何？乾坤大，小儿休笑他。

◯ 明无名氏《乐府群珠》题"咏蓝采和"。

太平谁能见，万村桑柘烟，便是风调雨顺年。田，绿云无尽边。穷知县，日高犹自眠。

◯ 明无名氏《乐府群珠》题"颂升平"。

这家村醪尽，那家醅瓮开。卖了肩头一担柴。哈，酒钱怀内揣。葫芦在，大家提去来。

◯ 明无名氏《乐府群珠》题"咏樵"。

梦中邯郸道，又来走这遭。须不是山人索价高。嘲，虚名无处逃。谁惊觉，晓霜侵鬓毛。

◯ 明无名氏《乐府群珠》题"宿邯郸驿"，属卢挚。

晋时陶元亮，自负经济才，耻为彭泽一县宰。栽，绕篱黄菊开。名千载，赋一篇《归去来》。

◯ 明无名氏《乐府群珠》题"咏渊明"。

谢公东山卧，有时携妓游。老我松南书满楼。楼外头，乱峰云锦秋。谁为寿？绿鬓双玉舟。

〇 明无名氏《乐府群珠》题“崧南秋晚”，属卢挚。

今人不饮酒，古人安在哉！有酒无花眼倦开。鼓吹台，玉人扶下阶。何妨碍，青春不再来。

〇 明无名氏《乐府群珠》题“道情”。

道人为活计，七件儿为伴侣：茶药琴棋酒画书。世事虚，似草梢擎露珠。还山去，更烧残药炉。

太宗凌烟阁，老子邀月楼，便是男儿得志秋。休，几人能到头。杯中酒，胜如关内侯。

海棠秋千架，洛阳官宦家。燕子堂深竹映纱。嗏，路人休问他。夕阳下，故宫惊落花。

〔南吕〕金字经（七首）

贯云石

晓来春匀透，西园第一枝。香暖朱帘酒满卮。思，休歌肠断词。关心事，夜阑人静时。

金芽薰晓日，碧风度小溪。香暖金炉酒满杯。奇，夜来香透帏。人初睡，玉堂春梦回。

○ 明无名氏《乐府群珠》题“春闺”。

蛾眉能自惜，别离泪似倾。休唱《阳关》第四声。情，夜深愁寐醒。人孤另，萧萧月二更。

○ 明无名氏《乐府群珠》题“闺情”。

泪溅描金袖，不知心为谁。芳草萋萋人未归。期，一春鱼雁稀。人憔悴，愁堆八字眉。

○ 明无名氏《乐府群珠》题“闺情”。

紫箫声初散，玉炉香正浓。凉月溶溶小院中。从，别来衾枕空。游仙梦，一帘梅雪风。

○ 明无名氏《乐府群珠》题“闺情”。

轻寒堆翠被，东风暖玉纤。香冷金猊月转帘。添，蛾眉新淡尖。香收焰，倚窗愁未忺。

○ 明无名氏《乐府群珠》题“闺情”。

楚台云归去，待都来三二朝。闲煞东风碧玉箫。箫，宝钗金凤翘。风流貌，把人来憔悴了。

○ 明无名氏《乐府群珠》题"闺情"。

〔南吕〕金字经(十首)

张可久

惜花人何处，落红春又残。倚遍危楼十二阑。弹，泪痕罗袖斑。江南岸，夕阳山外山。

○ 元张可久《小山乐府》题"春晚"。

杨柳沙头树，琵琶江上舟。雁去衡阳水自流。愁，玉人休倚楼。黄花瘦，晓霜红叶秋。

○ 元张可久《小山乐府》题"秋望"。

信远江南雁，望穷云外山。罗帕香残粉泪干。闲，倚遍十二阑。黄花幔，桂香秋雨寒。

○ 元张可久《小山乐府》题"秋望"。

玉手银丝脍，翠裙金缕纱。席上相逢可喜煞。插，一枝茉莉花。题诗罢，醉眠沽酒家。

○ 元杨朝英《太平乐府》、明无名氏《乐府群珠》题"夏宴"，元张可久《小山乐府》题“湖上书事”。

六月芭蕉雨，两湖杨柳风。茶灶诗瓢随老翁。红，藕花香座中。笛三弄，鹤鸣来半空。

◯ 元张可久《小山乐府》题“湖上书事”。

竹枕芦花被，草衣荷叶巾。一棹烟波湖上春。真，神仙身外身。蓬莱近，紫箫吹风云。

◯ 元张可久《小山乐府》题“湖上书事”。

象管鸳鸯字，锦筝鸾凤丝。何处风流马上儿。思，那回春暮时。别离事，带花折柳枝。

◯ 元张可久《小山乐府》题“春思”。

翠被梦中梦，雁书来处来。秋水芙蓉花又开。猜，愁云惚玉钗。人何在，月明闲凤台。

◯ 元张可久《小山乐府》题“别后”，元杨朝英《太平乐府》题“睡起”。

野唱敲牛角，大功悬虎头，一剑能成万户侯。愁，黄沙白髑髅。成名后，五湖寻钓舟。

〇 元张可久《小山乐府》题“感兴”。

宝鉴残红晕，帕罗新泪痕。又见梨花雨打门。因，玉奴心上人。无音信，倚阑看暮云。

〇 元张可久《小山乐府》题“闺怨”，明无名氏《乐府群珠》题“春怀”。

卷　六

套　数

〔仙吕〕赏花时

杨　果

秋水粼粼古岸苍，萧索疏篱偎短冈。山色日微茫。黄花绽也，妆点马蹄香。

〔胜葫芦〕见一簇人家入屏帐，竹篱折补苔墙。破设设柴门上张着破网。几间茅屋，一竿风旆，摇曳挂长江。

〔赚尾〕晚风林，萧萧响，一弄儿凄凉旅况。见壁指一似桑榆侵着道旁，草桥崩柱摧梁。唱道向红蓼滩头，见个黑足吕的渔翁鬓似霜，靠着那驼腰拗桩，瘿累垂脖项。一钩香饵钓斜阳。

○ 明陈所闻《北宫词纪》题“旅况”。

〔仙吕〕赏花时(九首)

无名氏

水到湍头燕尾分，桥据河梁龙背稳。流水绕孤村。残霞隐隐，天际褪残云。

〔么〕客况凄凄又一春，十载区区已四旬。犹自在红尘。愁眉镇锁，白发又添新。

〔煞尾〕腹中愁，心间闷，九曲柔肠闷损。白日伤神犹自轻，到晚来更关情。唱道则听得玉漏声频，搭伏定鲛绡枕头儿盹。客窗夜永，有谁人存问。二三更睡不得被儿温。

○ 清李玉《北词广正谱》属杨果。

花点苍苔绣不匀，莺唤垂杨语未真。帘幕絮纷纷。日长人困，风暖兽烟喷。

〔么〕一自檀郎共锦衾，再不曾暗掷金钱卜远人。香脸笑生春。旧时衣褃，宽放出二三分。

〔赚煞尾〕调养就旧精神，妆点出娇风韵。将息划损苔墙玉笋。拂掉了香冷妆奁宝鉴尘，舒开系东风两叶眉颦。晓妆新，高绾起乌云，再不管暖日朱帘鹊噪频。从今听鸦鸣不嗔，灯花谁信，一任教子规声啼破海棠魂。

○ 明陈所闻《北宫词纪》题“春情”，属杨果。

情泪流香淡脸桃，高髻松云亸凤翘。鸳被冷鲛绡。收拾烦恼，准备下捱今宵。

〔煞尾〕串烟消，银釭照，和个瘦影儿无言对着。一自阳台云路杳，玉簪折难觅鸾胶。最难熬，更漏迢迢，线帖儿翻腾耳谩搔。愁的是断肠人病倒，盼煞那负心贼不到，将封寄来书乘恨一时烧。

◯ 明陈所闻《北宫词纪》题“怨别”，属李子中。

香径泥融燕语喧，彩槛风微蝶影翻。飞絮擘香绵。娇莺时啭，惊起绿窗眠。

〔煞尾〕惜花愁，伤春怨，萦系煞多情少年。何处狂游袅玉鞭，谩教人暗卜金钱。空写遍翠涛笺，鱼雁难传，似这般白日黄昏怎过遣。青鸾信远，紫箫声转，画楼中闲煞月明天。

◯ 明陈所闻《北宫词纪》题“春怨”，属盍志学。

香爇龙涎宝篆残，帘卷虾须春昼闲。心事苦相关。春光欲晚，无一字报平安。

〔尾〕意无聊，愁无限，花落也莺慵燕懒。两地相思会面难，上危楼凭暖雕阑。畅心烦，盼杀人也秋水春山。几时看宝髻鬅松云乱绾。怕的是樽空酒阑，月斜人散，背银灯偷把泪珠弹。

◯ 明陈所闻《北宫词纪》题“春情”，属高安道。

卧枕着床染病疾，梦断魂劳怕饮食。不索请名医。沉吟了半日，这证候儿敢跷蹊。

〔么〕渗的寒来恰禁起，忽的浑身如火气逼。厌的皱了双眉，豁的一会加精细，烘的半晌又昏迷。

〔煞尾〕减精神，添憔悴，把我这瘦损庞儿整理。对着那镜儿里容颜不认得，呆答孩转转猜疑。瘦腰围，宽尽罗衣，一日有两三次频将带缋儿移。觑了这淹尖病体，比东阳无异，不似俺害相思出落与外人知。

丽人春风三月天，准备西园赏禁烟。院宇立秋千，桃花喷火，杨柳绿如烟。

〔么〕倚定门儿语笑喧，来往星眸厮顾恋。比各正当年。花阴柳影，月底共星前。

〔尾〕口儿啮，心儿怨。时急难寻轻便。天也似闲愁无处展，蘸霜毫写满云笺。唱道各办心坚，休教万里关山靠梦传。不是双生自专，小卿紧劝，只休教花残莺老了丽春园。

○ 清李玉《北词广正谱》属杨果。明张栩《彩笔情辞》题“春情”。

只为多情忒俊雅，月下星前拖逗煞。掩映着牡丹花，潜潜等等，不见劣冤家。

〔么〕今夜相逢打骂咱，忽见人来敢是他。只恐有争差，咨咨认了，正是那娇娃。

〔煞尾〕悄悄吁，低低话，厮抽抒粘粘掐掐。终是女儿家不惯耍，庞儿不甚挣达。透轻纱，双乳似白牙。插入胸前紧紧拿，光油油腻滑，颤巍巍拿罢，至今犹自手儿麻。

○ 明郭勋《雍熙乐府》题“扪乳”。

春夜深沉庭院幽，偷访吹箫鸾凤友。良月过南楼。昨宵许俺，今夜结绸缪。

〔么〕两处相思一样愁，及至相逢却害羞。则是性儿柔，百般哀告，腼腆不抬头。

〔煞尾〕你温柔，咱清秀，本是一对儿风流配偶。咫尺相逢说上手，紧推辞不肯成头。又不敢久迟留，只怕你母追求，料想伊家不自由。空耽着闷忧，虚陪了消瘦，不承望刚做了个口儿休。

〔仙吕〕**翠裙腰**

杨 果

莺穿细柳翻金翅，迁上最高枝。海棠零乱飘阶址。堕胭脂，共谁同唱送春词。

〔金盏儿〕减容姿，瘦腰肢，绣床尘满慵针指。眉懒画，粉羞施，憔悴死。无尽闲愁将甚比，恰如梅子雨丝丝。

〔绿窗愁〕有客持书至，还喜却嗟咨，未委归期约几时。先拆破鸳鸯字，原来则是卖弄他风流浪子。夸翰墨，显文词，枉用了身心空费了纸。

〔赚尾〕总虚脾，无实事，乔问候的言辞怎使。复别了花笺重作念，偏自家少负你相思。唱道再展放重读，读罢也无言暗切齿。沉吟了数次，骂你个负心贼堪恨，把一封寄来书都扯做纸条儿。

〔仙吕〕翠裙腰缠令

吕止庵

〔翠裙腰〕老来多病逢秋验，便觉嫩凉添。懒摇纨扇闲纹箪。卷朱帘，晚妆楼外月纤纤。

〔金盏儿〕更西风酽，微云敛，黄昏即渐。暑气消沛，阴晴乍闪，冰魂尚潜。指甲痕芽天生堑，双帘，又传宫样印眉尖。

〔元和令〕素娥公案严，牛女分缘俭。苍虬钩玉控雕檐，翠屏人半掩。彩鸾收镜入妆奁，霓裳谁再拈。

〔赚尾〕昂藏醉脸，桂香襟袖沾。花下心无慊，尊前兴未厌。钓银蟾，瑶台独占，立金梯长笑一掀髯。

〔仙吕〕八声甘州

鲜于伯机

江天暮雪，最可爱青帘，摇曳长杠。生涯闲散，占断水国渔邦。烟浮草屋梅近砌，水绕柴扉山对窗。时复竹篱旁，吠犬汪汪。

〔么〕向满目夕阳影里，见远浦归舟，帆力风降。山城欲闭，时听戍鼓𩋊𩋊。群鸦噪晚千万点，寒雁书空三四行。画向小屏间，夜夜停釭。

〔大安乐〕从人笑我愚和戆。潇湘影里且妆呆，不谈刘项与孙庞。近小窗,谁羡碧油幢。

〔元和令〕粳米炊长腰,鳊鱼煮缩项。闷携村酒饮空缸,是非一任讲。恣情拍手棹渔歌,高低不论腔。

〔尾〕浪滂滂,水茫茫,小舟斜缆坏桥桩。纶竿蓑笠,落梅风里钓寒江。

〔仙吕〕**八声甘州**

王修甫

春闺梦好。奈觉来心情,向人难学。锦屏斜靠,尚离魂脉脉难招。游丝十丈天外飞,落絮千团风里飘。似恁这般愁,着甚相熬。

〔六么遍〕自春来到春衰老,帘垂白昼,门掩清宵。闲庭杳杳,空堂悄悄,此情除是春知道。寂寥,唾窗纱缕两三条。

〔后庭花煞〕无心绣作,空闲却金剪刀。眉蹙吴山翠,眼横秋水娇。正心焦,梅香低报,报道晚妆楼外月儿高。

〔仙吕〕**八声甘州**

王嘉甫

莺花伴侣,效卓氏弹琴,司马题桥。情深意远,争奈分浅缘薄。香笺寄恨红锦囊,声断传情碧玉箫。都为可憎他,梦断魂劳。

〔六么遍〕更身儿倬，庞儿俏，倾城倾国，难画难描。窄弓弓撇道，溜刀刀渌老，称霞腮一点朱樱小。妖娆，更那堪杨柳小蛮腰。

〔穿窗月〕忆双双凤友鸾交，料应咱没分消，真真彼此都相乐。花星儿照，彩云儿飘，不堤防坏美众生搅。

〔元和令〕谩赢得自己羞，空惹得外人笑。多情却是不多情，好模样歹做作。相逢争似不相逢，有上梢没下梢。

〔赚尾〕那回期，今番约，花木瓜儿看好。旧路高高筑起界墙，尽今生永不踏着。唱道言许心违，说的誓寻思畅好脱卯。待装些气高，难禁脚拗，不由人又走了两三遭。

◯ 明陈所闻《北宫词纪》题“怨别”，明张栩《彩笔情辞》题“怀美”。

〔仙吕〕八声甘州

石子章

天涯羁旅，记断肠南陌，回首西楼。许多时节，冷落了酒令诗筹。腰围似沈不耐春，鬓发如潘那更秋。无语细沉吟，心绪悠悠。

〔混江龙〕十年往事，也曾一梦到扬州。黄金买笑，红锦缠头。跨风吹箫三岛客，抱琴携剑五陵游。风流，罗帏画烛，彩扇银钩。

〔六么遍〕为他迤逗，咱掬就，更两情厮爱，同病相忧。

前时唧嘧,今番抹彫,急料子心肠天生透。追求,没诚实谁道不自由。

〔元和令〕外头花木瓜,里面铁豌豆。横琴弹彻凤凰声,两厌难上手。当初说尽海山盟,一星星不应口。

〔赚尾〕洛阳花,宜城酒,那说与狂朋怪友。水远山长憔悴也,满青衫两泪交流。唱道事到如今,收了筝篮罢了斗,那些儿自羞。二年三岁,不承望空溜溜了会眼儿休。

◯ 明张栩《彩笔情辞》题作“客怀”。

〔仙吕〕八声甘州(三首)

彭寿之

平生放荡,俏倬声名,喧满平康。少年场上,只恐舌剑唇枪。机谋主仗风月景,局断经营旖旎乡。回首数年间,多少疏狂。

〔混江龙〕知音幸遇,不由人重上欠排场。花朝月夜,酒肆茶坊。相见十分相敬重,厮看承无半点厮堤防。风流事赞之双美,悔则俱伤。

〔元和令〕合着两会家,相逢一合相。怜新弃旧短因缘,强中更有强。偷方觅便俏家风,当行识当行。

〔赚尾〕一片至诚心,万种风流相,非是俺着迷过奖。燕子莺儿知几许,据风流不类寻常。唱道好处难忘,花有幽情月有香。想着尊前伎俩,枕边模样,不思量除是铁心肠。

杯中酒冷，鼎内香销，台上灯昏。夜间人静，书斋中早掩重门。愁靠芙蓉绣枕边，闷拥鲛绡锦被空。思想意中人，年少芳温。

〔醉中天〕一点朱唇嫩，八字柳眉颦，宝髻高梳楚岫云。莲脸施朱粉，包弹处全无半分。可人意风韵，见他时忽的消魂。

〔赚尾〕为他娇，因他俊，迤逗的俺行痴立盹。便得后冤家行频觑恃，偷工夫短命行温存。是费了些精神，一夜欢娱正了本。他于咱意亲，俺于他心顺，不由人终日脚儿勤。

芳菲过眼，向玉砌雕阑，翠落红翻。都来一段，新愁旧恨相烦。帘垂永日人乍别，门掩东风花又残。无语问春归，天上人间。

〔六么遍〕恨归期晚，寻芳懒，倚遍阑干，盼煞雕鞍。佳音越悭，啼泪不干。生捱厌厌相思恨，愁烦，闷来独把绣床攀。

〔元和令〕谩将龟卦揭，空把雁书盼。料他云雨兴阑珊，天涯何日还。重衾犹怯五更寒，闷愁心上攒。

〔后庭花〕瘦来金缕宽，空将宝镜看。髻绾双鬟乱，眉颦八字弯。最心烦，花开庭院，子规啼数番。

〔尾〕问长安，隔关山，别郎容易见郎难。清明过也，鹧鸪声里画楼闲。

〔仙吕〕点绛唇

不忽麻平章

辞 朝

宁可身卧糟丘，赛强如命悬君手。寻几个知心友，乐以忘忧，愿作林泉叟。

〔混江龙〕布袍宽袖，乐然何处谒王侯。但尊中有酒，身外无愁。数着残棋江月晓，一声长啸海门秋。山间深住，林下隐居，清泉濯足。强如闲事萦心，淡生涯一味谁参透。草衣木食，胜如肥马轻裘。

〔油葫芦〕虽住在洗耳溪边不饮牛，贫自守，乐闲身翻作抱官囚。布袍宽褪拿云手，玉箫占断谈天口。吹箫访伍员，弃瓢学许由。野云不断深山岫，谁肯官路里半途休。

〔天下乐〕明放着伏事君王不到头，休休，难措手。游鱼儿见食不见钩。都只为半纸功名一笔勾，急回头两鬓秋。

〔那吒令〕谁待似落花般莺朋燕友，谁待似转灯般龙争虎斗。你看这迅指间乌飞兔走。假若名利成，至如田园就，都是些去马来牛。

〔鹊踏枝〕臣则待醉江楼，卧山丘，一任教谈笑虚名，小子封侯。臣向这仕路上为官倦首，枉尘埋了锦带吴钩。

〔寄生草〕但得黄鸡嫩，白酒熟。一任教疏篱墙缺茅庵漏，则要窗明炕暖蒲团厚，问甚身寒腹饱麻衣旧。饮仙家水酒两三瓯，强如看翰林风月三千首。

〔村里迓鼓〕臣离了九重宫阙，来到这八方宇宙。寻几个诗朋酒友，向尘世外消磨白昼。臣则待领着紫猿，携白鹿，跨苍虬。观着山色，听着水声，饮着玉瓯。倒大来省气力如诚惶顿首。

〔元和令〕臣向山林得自由，比朝市内不生受。玉堂金马间琼楼，控朱帘十二钩。臣向草庵门外见瀛洲，看白云天尽头。

〔上马娇〕但得个月满舟，酒满瓯，则待雄饮醉时休。紫箫吹断三更后，畅好是休，孤鹤唳一声秋。

〔游四门〕世间闲事挂心头，唯酒可忘忧。非是微臣常恋酒。叹古今荣辱，看兴亡成败，则待一醉解千愁。

〔后庭花〕拣溪山好处游，向仙家酒旋篘。会三岛十洲客，强如宴公卿万户侯。不索你问缘由，把玄关泄漏，这箫声世间无天上有。非微臣说强口：酒葫芦挂树头，打鱼船缆渡口。

〔柳叶儿〕则待看山明水秀，不恋您市曹中物穰人稠。想高官重职难消受。学耕耨，种田畴，倒大来无虑无忧。

〔赚尾〕既把世情疏，感谢君恩厚。臣怕饮的是黄封御酒。竹杖芒鞋任意留，拣溪山好处追游。就着这晓云收，冷落了深秋，饮遍金山月满舟。那其间潮来的正悠，船开在当溜，卧吹箫管到扬州。

【集评】

姚华《曲海一勺》：寄身世于糟丘，悟人生于梦蝶，爰有餐霞服日之想，枕流漱石之志。时夺艳词之席，并冷酣歌之拍。

〔仙吕〕祆神急

白 贲

绿阴笼小院，红雨点苍苔。谁想东君，也是人间客。纵分连理枝，谩解合欢带，伤春早是心地窄。愁山和闷海，畅会栽排。

〔六么遍〕更别离怨，风流债，云归楚岫，月冷秦台。当时眷爱，如今阻隔，准备从今因他害。伤怀，冷清清日月怎生捱。

〔元和令〕鸾交何日重，鸳梦几时再。清明前后约归期，到如今牡丹开。空等待翠屏香里掩东风，铺陈下愁境界。

〔赚尾〕无情子规声更哀，畅好明白。既道不如归去，看你几声儿撺掇得那人来。

卷　七

套　数

〔正宫〕月照庭

无名氏

老足秋容，落日残蝉暮霞，归来雁落平沙。水迢迢，烟淡淡，露湿蒹葭。飘红叶，噪晚鸦。

〔幺〕古岸苍苍，寂寞渔村数家。茶船上那个娇娃，拥鸳衾，欹珊枕，情绪如麻。愁难尽，闷转加。

〔六幺序〕记当时，枕前话，各指望永同欢洽。事到如今两离别，褪罗裳憔悴因他。休休自家缘分浅，上心来泪揾湿罗帕。想薄情镇日迷歌酒，近新来顿阻鳞鸿，京师里恋烟花。

〔幺〕哭啼啼，自咒骂，知他是忆念人么？蓦闻船上抚琴声，遣苏卿无语嗟呀。分明认得双解元，出兰舟绣鞋忙屧，乍相逢欲诉别离话。恶恨酒醒冯魁，惊梦杳无涯。

〔鸳鸯儿煞〕觉来时痛恨半霎，梦魂儿依旧在蓬窗下。故人不见，满江明月浸芦花。

〔正宫〕六么令

吕侍中

华亭江上，烟淡淡草萋萋。浮光万顷，长篙短棹一蓑衣。终日向船头上稳坐，来往故人稀。纶竿收罢，轻抛香饵，个中消息有谁知。

〔幺〕说破真如妙理，唯恐露玄机。春夏秋冬，披星戴月守寒溪。一点残星照水，上下接光辉。素波如练，东流不住，锦鳞不遇又空回。

〔尾〕谩伤嗟，空劳力，欲说谁明此理。千尺丝纶直下垂，一波动万波相随。唱道难晓幽微，且恁陶陶度浮世。水寒烟冷，小鱼儿难钓，满船空载月明归。

〔正宫〕端正好

无名氏

本是对美甘甘锦堂欢，生纽做愁切切阳关怨。恰离了莺花寨，早来到野水平川。急煎煎千里把程途践，景萧萧宜写在帏屏面。

〔滚绣球〕动羁怀的是淅零零暮雨晴，恼人肠的是日迟迟春昼暄。感离情的是娇滴滴弄喉舌啼莺语燕，舞飘飘乱纷纷柳絮飞绵。叹浮生的是草萋萋际碧天，绿茸茸柳带烟。流尽年光的是兀良响潺潺碧澄澄皱玻璃楚江如练，断送行人的是忔登登鞭羸马行色凄然。猛想起醉醺醺昨宵欢会知多少，陡恁的冷清清今日凄凉有万千。情默默无言。

〔倘秀才〕莫不是黄司理缘薄分浅，多管是双通叔时乖运蹇。小卿你再不向秦楼动管弦。彩鸾回舞镜，青鸟罢衔笺，兀良不远。

〔脱布衫〕不行动则管里熬煎，休停待莫得俄延。侧着耳听沉沉半晌，唬得我那胆寒心战。

〔醉太平〕原来是昏鸦噪暮天，落雁叫沙边。猛听得隔江人唤渡头船，啼红的是杜鹃。我则见扑簌簌泪湿残妆面，将风流秀士莫留恋。生忔察拆散了并头莲，则为他多情的业冤。

〔尾〕三杯别酒肝肠断，一曲阳关离恨添。我上车儿倦向前，他上雕鞍懒赠鞭。比各无言雨泪涟，各办坚心石也穿，两处相思情意牵。遥望见车儿渐渐的远。

○ 明张禄《词林摘艳》题“送别”，明郭勋《雍熙乐府》题“赶苏卿”。

〔正宫〕端正好(二首)

刘时中

上高监司

众生灵，遭磨障，正值着时岁饥荒。谢恩光拯济皆无恙，编做本词儿唱。

〔滚绣球〕去年时正插秧，天反常，那里取若时雨降。

旱魃生四野灾伤。谷不登,麦不长,因此万民失望。一日日物价高涨。十分料钞加三倒,一斗粗粮折四量。煞是凄凉。

〔倘秀才〕殷实户欺心不良,停塌户瞒天不当,吞象心肠歹伎俩。谷中添秕屑,米内插粗糠,怎指望他儿孙久长。

〔滚绣球〕甑生尘老弱饥,米如珠少壮荒。有金银那里每典当?尽枵腹高卧斜阳。剥榆树餐,挑野菜尝。吃黄不老胜如熊掌,蕨根粉以代糇粮。鹅肠苦菜连根煮,荻笋芦蒿带叶咗。则留下杞柳株樟。

〔倘秀才〕或是捶麻柘稠调豆浆,或是煮麦麸稀和细糠,他每早合掌擎拳谢上苍。一个个黄如经纸,一个个瘦似豺狼,填街卧巷。

〔滚绣球〕偷宰了些阔角牛,盗斫了些大叶桑。遭时疫无棺活葬,贱卖了些家业田庄。嫡亲儿共女,等闲参与商,痛分离是何情况。乳哺儿没人要撇入长江。那里取厨中剩饭杯中酒?看了些河里孩儿岸上娘。不由我不哽咽悲伤。

〔倘秀才〕私牙子船湾外港,行过河中宵月朗,则发迹了些无徒米麦行。牙钱加倍解,卖面处两般装,昏钞早先除了四两。

〔滚绣球〕江乡相,有义仓,积年系税户掌。借贷数补答得十分停当,都侵用过将官府行唐。那近日劝粜到江乡,按户口给月粮。富户都用钱买放,无实惠尽是虚桩。充饥画饼诚堪笑,印信凭由却是谎。快活了些社长知房。

〔伴读书〕磨灭尽诸豪壮,断送了些闲浮浪。抱子携男扶筇杖,尫羸伛偻如虾样。一丝好气沿途创,阁泪汪汪。

〔货郎〕见饿莩成行街上，乞出拦门斗抢。便财主每也怀金鹄立待其亡。感谢这监司主张，似汲黯开仓，披星戴月热中肠，济与粜亲临发放。见孤孀疾病无归向，差医煮粥分厢巷。更把赃输钱分例米多般儿区处的最优长。众饥民共仰，似枯木逢春，萌芽再长。

〔叨叨令〕有钱的贩米谷置田庄添生放，无钱的少过活分骨肉无承望。有钱的纳宠妾买人口偏兴旺，无钱的受饥馁填沟壑遭灾障。小民好苦也么哥，小民好苦也么哥，便秋收鬻妻卖子家私丧。

〔三煞〕这相公爱民忧国无偏党，发政施仁有激昂。恤老怜贫，视民如子，起死回生，扶弱摧强。万万人感恩知德，刻骨铭心，恨不得展草垂缰。覆盆之下，同受太阳光。

〔二〕天生社稷真卿相，才称朝廷作栋梁。这相公主见宏深，秉心仁恕，治政公平，恺悌慈祥。可与萧曹比并，伊傅齐肩，周召班行。紫泥宣诏，花衬马蹄忙。

〔一〕愿得早居玉笋朝班上，伫看金瓯姓字香。入阙朝京，攀龙附凤，和鼎调羹，论道经邦。受用取貂蝉济楚，衮绣峥嵘，珂珮丁当。普天下万民乐业，都知是前任绣衣郎。

〔尾声〕相门出相前人奖，官上加官后代昌。活被生灵恩不忘，粒我烝民德怎偿。父老儿童细较量，樵叟渔夫曹论讲。共说东湖柳岸旁，那里清幽更舒畅，靠着云卿苏圃场，与徐孺子流芳挹清况。盖一座祠堂人供养，立一统碑碣字数行。将德政因由都载上，使万万代官民见时节想。

【集评】

章荑荪《词曲讲义》：世间一切事义，皆可为曲材之人。散曲，其内容较剧曲尤狭。如刘时中之《上监司》，甚为罕见。

上高监司

既官府，甚清明，采舆论听分诉。据江西剧郡洪都，正该省宪亲临处，愿英俊开言路。

〔滚绣球〕库藏中钞本多，贴库每弊怎除。纵关防任谁不顾，坏钞法恣意强图。都是无廉耻卖买人，有过犯驵侩徒，倚仗着几文钱百般胡做，将官府觑得如无。则这素无行止乔男女，都整扮衣冠学士夫，一个个胆大心粗。

〔倘秀才〕堪笑这没见识街市匹夫，好打那好顽劣江湖伴侣，旋将表德官名相体呼。声音多厮称，字样不寻俗，听我一个个细数。

〔滚绣球〕粜米的唤子良，卖肉的呼仲甫。做皮的是仲才邦辅，唤清之必定开沽。卖油的唤仲明，卖盐的称士鲁。号从简是采帛行铺，字敬先是鱼鲊之徒。开张卖饭的呼君宝，磨面登罗底叫德夫。何足云乎。

〔倘秀才〕都结义过如手足，但聚会分张耳目，探听司县何人可共处。那问他无根脚，只要肯出头颅，扛扶着便补。

〔滚绣球〕三二百锭费本钱，七八下里去干取，诈捏作曾编卷假如名目，偷俸钱表里相符。这一个图小倒，那一个苟俸禄，把官钱视同己物，更狠如盗跖之徒。官攒库子均摊着要，弓手门军那一个无。试说这厮每贪污。

〔倘秀才〕提调官非无法度，争奈蠹国贼操心太毒。从出本处先将科钞除。高低还分例，上下没言语，贴库每他便做了钞主。

〔滚绣球〕且说一季中事例钱，开作时各自与，库子每随高低预先除去，军百户十锭无虚。攒司五五拿，官人六六除。四牌头每一名是两封足数，更有合干人把门军弓手殊途。那里取官民两便通行法，赤紧地贿赂单宜左道术。于汝安乎！

〔倘秀才〕为甚但开库诸人不伏，倒筹单先须计咒，苗子钱高低随着钞数。放小民三二百，报花户一千余，将官钱陪出。

〔滚绣球〕一任你叫得昏，等到午，佯呆着不瞅不觑，他却整块价卷在包袱。着纤如晃库门，兴贩的论百价数，都是真扬州武昌客旅，窝藏着家里安居。排的文语呼为绣，假钞公然唤做殊。这等儿三七价明估。

〔倘秀才〕有揭字驼字衬数，有背心剜心异呼。有钞脚频成印上字模。半边子兀自可，揠作钞甚胡突。这等儿四六分价唤取。

〔滚绣球〕赴解时弊更多，作下人就做夫。检块数几曾详数？止不过得南新吏贴相符。那问他料不齐，数不足，连柜子一时扛去，怎教人心悦诚服。自古道人存政举思他前辈，到今日法出奸生笑煞老夫。公道也私乎？

〔倘秀才〕比及烧昏钞先行摆布，散夫钱僻静处俵与，暗号儿在烧饼中间觑有无。一名夫半锭，社长总收贮，烧得过便吹笛擂鼓。

〔塞鸿秋〕一家家倾银注玉多豪富，一个个烹羊挟妓夸风度。撇摽手到处称人物，妆旦色取去为媳妇。朝朝寒食春，夜夜元宵暮。吃筵席唤做赛堂食，受用尽人间福。

〔呆骨朵〕这贼每也有难堪处，怎禁他强盗每追逐。要饭钱排日支持，索赍发无时横取。奈表里通同做，有上下交征去，真乃是源清流亦清，休今后人除弊不除。

〔脱布衫〕有聪明正直嘉谟，安得不剪其繁芜。成就了闾阎小夫，坏尽了国家法度。

〔小梁州〕这厮每玩法欺公胆气粗，恰便似饿虎当途。二十五等则例尽皆无，难着目，他道陪钞待何如。

〔幺〕一等无辜被害这羞辱，断攀指一地里胡突，自有他通神物。见如今虚其府库，好教他鞭背出虫蛆。

〔十二月〕不是我论黄数黑，怎禁他恶紫夺朱。争奈何人心不古，出落着马牛襟裾。口将言而嗫嚅，足欲进而趑趄。

〔尧民歌〕想商鞅徙木意何如，汉国萧何断其初。法则有准使民服，期于无刑佐皇图。说与当途，无毒不丈夫，为如如把平生误。

〔要孩儿十三煞〕天开地辟由盘古，人物才分下土。传之三代币方行，有刀圭泉布从初。九府圜法俱周制，三品堆金乃汉图，止不过作贸易通财物。这的是黎民命脉，朝世权术。

〔十二〕蜀寇瑊交子行，宋真宗会子举，都不如当今钞法通商贾。配成五对为官本，工墨三分任倒除，设制久无更故。民如按堵，法比通衢。

〔十一〕已自六十秋楮币行，则这两三年法度沮，被无知贼子为奸蠹。私更彻镘心无愧，那想官有严刑罪必诛，忒无忌惮无忧惧。你道是成家大宝，怎想是取命官符。

〔十〕穷汉每将绰号称，把头每表德呼，巴不得登时事了干回付。向库中钻刺真强盗，却不财上分明大丈夫。坏尽今时务，怕不你人心奸巧，争念有造物乘除。

〔九〕觑乘孛模样哏，扭蛮腰礼仪疏。不疼钱一地里胡分付。宰头羊日日羔儿会，没手盏朝朝仕女图。怯薛回家去，一个个欺凌亲戚，眇视乡闾。

〔八〕没高低妾与妻，无分限儿共女，及时打扮衠珠玉。鸡头般珠子缘鞋口，火炭似真金裹脑梳。服色例休题取，打扮得怕不赛夫人样子，脱不了市辈规模。

〔七〕他那想赴京师关本时，受官差在旅途，耽惊受怕过朝暮。受了五十四站风波苦，亏杀数百千程递运夫。哏生受哏担负，广费了些首思分例，倒换了些沿途文书。

〔六〕到省库中将官本收得无疏虞，朱钞足那时才得安心绪。常想着半江春水翻风浪，愁得一夜秋霜染鬓须。历重难博得个根基固，少甚命不快遭逢贼寇，霎时间送了身躯。

〔五〕论宣差清如酌贪泉吴隐之，廉似还桑椹赵判府，则为忒慈仁反被相欺侮。每持大体诸人服，若说私心半点无。本栋梁材若早使居朝辅，肯苏民瘼，不事苞苴。

〔四〕急宜将法变更，但因循弊若初，严刑峻法休轻恕。则这二攒司过似蛇吞象，再差十大户犹如插翅虎。一半儿弓手先芟去，合干人同知数目，把门军切禁科需。

〔三〕提调官免罪名，钞法房选吏胥，攒典俸多的路吏差着做。廉能州吏从新点，贪滥军官合减除。住仓库无升补，从今倒钞各分行铺。明写坊隅。

〔二〕逐户儿编楷成料例来，各分旬将勘合书，逐张儿背印拘钤住。即时支料还原主，本日交昏入库府。另有细说。直至起解时才方取，免得他撑船小倒，提调官封锁无虞。

〔一〕紧拘收在库官，切关防起解夫，钞面上与官攒俱各亲标署。库官但该一贯须黥配，库子折莫三钱便断除。满百锭皆抄估，搥钞的揭剥的不怕他人心似铁，小倒的兴贩的明放着官法如炉。

〔尾〕忽青天开眼觑，这红巾合命殂。且举其纲若不怕伤时务，他日陈言终细数。

〔南吕〕一枝花

关汉卿

赠朱帘秀

轻裁虾万须，巧织珠千串。金钩光错落，绣带舞蹁跹。似雾非烟，妆点就深闺院，不许那等闲人取次展。摇四壁翡翠阴浓，射万瓦琉璃色浅。

〔梁州〕富贵似侯家紫帐，风流如谢府红莲。锁春愁不放双飞燕。绮窗相近，翠户相连。雕栊相映，绣幙相牵。拂苔痕满砌榆钱，惹杨花飞点如绵。愁的是抹回廊暮雨萧萧，恨的是筛曲槛西风剪剪，爱的是透长门夜月娟娟。凌波、殿前，碧玲珑掩映湘妃面，没福怎能勾见。十里扬州风物妍，出落着神仙。

〔尾〕恰便似一池秋水通宵展，一片朝云尽日悬。你个守户的先生肯相恋？煞是可怜。则要你手掌儿里奇擎着耐心儿卷。

〔南吕〕一枝花(二首)

亢文苑

为玉叶儿作

名高唐国盘，色压陈亭榭。霞光侵赵璧，瑞霭赛隋珠。无半点儿尘俗，不比寻常物，世间总不如。莫夸谈天上飞琼，休卖弄人间美玉。

〔梁州〕希罕似朱崖玛瑙，值钱如北海珊瑚。忒玲珑性格儿通今古。论清洁是有，瑕疵全无。温柔似粉，滑腻如酥。则要你汝阳斋韫匮藏诸，不管你丽春园待价沽诸。若做个玉盆儿必定团圆，做个玉箫管决知音律，做个玉镜台雅称妆梳。堪人，爱护，那些儿断尽人肠处，更那堪吴香馥。只恐旁人认做珷玞，索别卞个虚实。

〔尾〕远藏昆顶千峰古，高出荆山万倍余。姓卞的先生识真玉。休道刖了他二足，一身儿与他做主，至死也怀中抱不足。

春风眼底私，夜月心间事。玉箫鸾凤曲，金缕鹧鸪词。燕子莺儿，殢杀寻芳使，合欢连理枝。我为你盼望煞楚雨湘云，耽阁了朝经暮史。

〔梁州〕你为我堆宝髻羞盘凤翅，淡朱唇懒注胭脂。东君有意偷窥视。翠鸾寻梦，采扇题诗。花笺写恨，锦字传词。包藏着无限相思。思量煞可意人儿：几时看靠纱窗偷转秋波？几时见整云髻轻舒玉指？几时看倚东风笑捻花枝？新婚，燕尔，到如今抛闪得人独自。你那点至诚心有谁似？休把那山海盟言不勾思。相会何时！

〔尾〕断肠词写就龙蛇字，叠做个同心方胜儿，百拜娇姿谨传示。间别了许时，这关心话儿，尽在这殢雨尤云半张儿纸。

○ 明张禄《词林摘艳》题“闺情”，明郭勋《雍熙乐府》题“寄简”。明陈所闻《北宫词纪》题“春思”，属曾褐夫。

〔南吕〕一枝花

奥敦周卿

远　归

年深马骨高，尘惨貂裘敝。夜长鸳梦短，天阔雁书迟。

急觅归期，不索寻名利。归心紧归去疾，恨不得袅断鞭梢，岂避千山万水。

〔梁州〕龟卦何须再卜，料灯花已报先知，并程途不甫能来到家内。见庭间小院，门掩昏闺。碧纱窗悄，斑竹帘垂。将个栊门儿款款轻推，把一个可喜娘脸儿班回。急惊列半晌荒唐，慢朦腾十分认得，呆答孩似醉如痴。又嗔，又喜，共携素手归兰舍，半含笑半擎泪。些儿春情云雨罢，各诉别离。

〔尾〕我道因思翠袖宽了衣袂，你道是为盼雕鞍减了玉肌。不索教梅香鉴憔悴。向碧纱㡛帐底，翠帏屏影里，厮揾着香腮去镜儿比。

〔南吕〕一枝花(三首)

无名氏

鬓鬟梳绿云，肌瘦消红玉。蛾眉颦翠黛，粉脸堕珍珠。遍洒东风，乱落梨花雨。低头长叹吁，长叹罢罗帕频淹，都揾尽千丝万缕。

〔梁州〕愁怨恨还如堆积，旧精神不似当初。自从万里人南去，尘濛锦瑟，帐漫流苏，香焚宝鼎，酒冷金壶。对青鸾不待妆梳，到黄昏着甚支吾。怕的是照闲庭月色朦胧，倦的是透珠帘花香馥郁，愁的是印纱窗竹影扶疏。自心，黯忖，悔当时错发送上阳关路。听唱到第三句，总是离人断肠曲，搔首踟蹰。

〔梧桐树〕刚道声才郎身去心休去，他揽与俺回挽得千条柳难系雕鞍住。到如今百草枯风吹得红叶舞，正值着秋天暮。

〔感皇恩〕呀，骨刺刺风透纱橱，吉丁当漏滴铜壶。薄设设被儿单，昏惨惨灯儿暗，瘦厌厌影儿孤。思伊受苦，偏俺负你何辜。从春去，因应举，恋皇都。

〔采茶歌〕他去了半年余，闪得我受孤独，罗帏寂寞故人无。寒雁来时音信杳，雁还归去亦无书。

〔尾〕知他是谁家月馆风亭宿，何处山村野店居。锦堂春翻做阳关路。多情弄玉，若见吹箫伴侣，慢慢的说俺从前受过的苦。

嘲黑妓

脸如百草霜，唇注松烟墨，眼横潭底水，牙染□金泥。乌玉如肌，眉不显春山翠。似葡萄好乳垂。若不是薄荷煎每日充饥，渎牙药逐朝漱洗？

〔梁州〕我子道克剌张回回姊妹，却原来是大洪山三圣姨姨。猛回头错认做砂锅底。只合去烧窑淘炭，漆碗熏杯，怎生去迎新送旧，卖笑求食。便是块黑砂糖有甚希奇，便是块试金石难辨高低。莫不寨儿中书下的灵符，莫不是房儿中描来的黑鬼，莫不是酒楼前贴下钟馗？这妮子幼年间充着壬癸。生长在乌衣国，靠定门帘不动衣，百般的辨不得容仪。

〔尾〕不索你分星擘雨显名儿唤，路上行人口胜碑，这娘子骂得他都易。泪滴下些黑汁，脚踢起些炭气，吁得青铜镜儿黑。

嘲　僧

七宝罗汉身，八难观音像。玉楼巢翡翠，谁教你金殿锁鸳鸯。萧寺里蝶乱蜂狂，玉溪馆青楼巷，缘得五台山傅粉郎。小和尚久等莺娘，老亚仙风魔了志广。

〔梁州〕常则是金斗郡双生和小卿，几曾见丽春园苏氏和都刚，被个老妖精狐媚了唐三藏。一个供佛的柳翠伴着个好色东堂，钟楼鼓阁便做了待月西厢。丑禅师宠定个天香，笑吟吟携手相将。凤帏中路柳参禅，鸳帐底烟花听讲，看门儿亏煞金刚。暗想，这场，出家儿招揽乔公状。你也不是清净僧，真乃是莽和尚。当了袈裟做一场，岂怕人声扬。

〔尾〕十年功业难修养，取得个年老妖精复落娼。卧兔当来受灾障。常把三门紧关上。那妮子僧房中叫，反教你削了发的耆卿后院里攘。

○ 明李开先《词谑》属赵彦辉。

〔南吕〕一枝花

孙叔顺

不恋蜗角名，岂问蝇头利。世情看冷暖，人面逐高低。

闲是闲非，僻倬的都伶俐。百年身图画里，本待要快活逍遥，情愿待休官罢职。

〔梁州〕谁待想锦衣玉食，甘心守淡饭黄齑，向林泉选一答儿清幽地。闲时一曲，闷后三杯，柴门草户，茅舍疏篱。守着咱稚子山妻，伴着几个故友相识。每日价笑吟吟谈古论今，闲遥遥游山玩水，乐陶陶下象围棋。早起，晚夕，吃醉了重还醉。叹白发紧相逼，百岁光阴能有几，快活了是便宜。

〔煞尾〕都则是两轮日月搬兴废，一合乾坤洗是非。直宿到红日三竿偃然睡。那些儿况味谁知，一任莺啼唤不起。

○ 明郭勋《雍熙乐府》题"休官"。

〔商角调〕黄莺儿(二首)

庾天锡

怀古，怀古。废兴两字，干戈几度。问当时富贵谁家？陈宫后主。

〔踏莎行〕残照底西风老树，据秦淮终是帝王都。爱山围水绕，龙蟠虎踞。依稀睹，六朝风物。

〔盖天旗〕光阴迅速，多半晴天变雨。待拣搭溪山好处，吞一杯，噱数曲。身有欢娱，事无荣辱。

〔应天长〕引一仆，着两壶，谢老东山，黄花时好去。适意林泉游未足。烟波暮，堪凝伫，谪仙诗句。

〔尾〕一线寄乌衣，二水分白鹭。台上凤凰游，井口胭脂污。想玉树后庭花，好金陵建康府。

【集评】

吴梅《顾曲麈谈》：〔商角调〕所隶之曲止有五支，庾吉甫“怀古”词最为著名。

怀古，怀古。物换千年，星移几度。想当时帝子元婴，阎公都督。

〔踏莎行〕彩射龙光，云埋铁柱。迷津烟暗，渡水平湖。高士祠堂，旌阳殿宇。洪恩路，藕花无数。

〔盖天旗〕残碑淋雨，留得王郎佳句。讯步携筇，登临闲伫。雁惊寒，衡阳浦。秋水长天，落霞孤鹜。

〔应天长〕东接吴，南甸楚。绀坞荒村，苍烟古木。俯挹遥岑伤未足。夕阳暮，空无语，昔人何处。

〔尾〕孤塔插晴空，高阁临江渚。栋飞南浦云，帘卷西山雨。观胜概壮江山，叹鸣銮罢歌舞。

【原注】右二段附二卷末。

卷　八

套　数

〔越调〕斗鹌鹑(三首)

吴弘道

天气融融，和风习习。花发南枝，冰销岸北。庆贺新春，满斟玉液。朝禁阙，施拜礼，舞蹈扬尘，山呼万岁。

〔紫花儿序〕托赖着一人有庆，五谷丰登，四海无敌。寒来暑往，兔走乌飞，节令相催。答贺新正圣节日。愿我皇又添一岁，丰稔年华，太平时世。

〔小桃红〕官清法正古今稀，百姓安无差役。户口增添盗贼息，路不拾遗。托赖着万万岁当今帝，狼烟不起，干戈永退，齐贺凯歌回。

〔庆元贞〕先收了大理，后取了高丽。都收了偏邦小国，一统了江山社稷。

〔么〕太平无事罢征旗，祝延圣寿做筵席。百官文武两班齐。欢喜无尽期，都吃得醉如泥。

〔秃厮儿〕光禄寺琼浆玉液，尚食局御膳堂食。朝臣一发呼万岁，祝圣寿，庆官里，进金杯。

〔圣药王〕大殿里，设宴会，教坊司承应在丹墀。有舞的，有唱的。有凤箫象板共龙笛，奏一派乐声齐。

〔尾〕愿吾皇永坐在皇宫内,愿吾皇永掌着江山社稷。愿吾皇永穿着飞凤赭黄袍,愿吾皇永坐着万万载盘龙亢金椅。

◯ 明郭勋《雍熙乐府》题"太平筵宴"。

弃职休官,张良范蠡。拜辞了紫绶金章,待看青山绿水。跳出狼虎丛中,不入麒麟画里。想爵禄高,性命危,一个个舍死忘生,争宣竞敕。

〔紫花儿序〕您都待重裀而卧,列鼎而食,不如我拂袖而归。急流中勇退,见贤思齐。当日个宁武子左丘明孔仲尼,邦有道则仕,邦无道则废。齐魏里使煞个孙庞,殷商中饿杀了夷齐。

〔鬼三台〕看了些英雄休争闲气,为功名将命亏。笑豫让,叹钼麑,待图个甚的。论功劳胜似燕乐毅,论才学不如晋李仪。常言道才广妨身,官高害已。

〔圣药王〕我如今近七十,恰才得,方知道老而不死是为贼。指鹿做马,唤凤做鸡,葫芦今后大家提,想谁别辨个是和非。

〔调笑令〕为甚每日醉如泥,除睡人间总不知。戒之在得因何意?老不必争名夺利。黄金垛到北斗齐,也跳不出是处轮回。

〔圣药王〕赤紧的乌紧飞,兔紧催,暂时相赏莫相违。菊满篱,酒满杯,当吃得席前花影坐间移。白发故人稀。

〔尾〕想当日子房公会觅全身计,一个识藏弓便抽头的范蠡。归山去的待看翠巍巍千丈岭头云,归湖的待看绿湛湛长江万顷水。

元 宵

圣主宽仁,尧民尽喜。一统华夷,诸邦进礼。雨顺风调,时丰岁丽。元夜值,风景奇。闹穰穰的迓鼓喧天,明晃晃金莲遍地。

〔紫花儿序〕香馥馥绮罗还往,密市市车马喧阗,光灼灼灯月交辉。满街上王孙公子,相携着越女吴姬,偏宜。凤烛高张照珠履,果然豪贵。只疑是洞府神仙,闲游在阆苑瑶池。

〔小桃红〕归来梅影小窗移,兰麝香风细。翠袖琼簪两行立。捧金杯,绛绡楼上笙歌沸。冰轮表里,通宵不寐,是爱月夜眠迟。

〔金蕉叶〕拚沉醉频斟绿蚁,恣赏玩朱帘挂起。歌舞动欢声笑喜,一任铜壶漏滴。

〔尾〕须将酩酊酬佳致,乐意开怀庆喜。但愿岁岁赏元宵,则这的是人生落得的。

〔越调〕**斗鹌鹑**(七首)

王伯成

酒力禁持,诗魔唤起。紫燕喧喧,黄莺呖呖。红杏香中，绿杨影里。丽日迟，节序催，柳线摇金，桃花泛水。

〔紫花儿序〕香馥馥花开满路，碧粼粼水绕孤村，绿茸茸芳草烟迷。扬鞭指处，堪画堪题。更那堪竹坞人家傍小溪。采绳高系，春色飘零，花事狼藉。

〔小桃红〕一帘红雨落花飞，酝酿蜂儿蜜。跨蹇携壶醒还醉。草萋萋，融融沙暖鸳鸯睡。韶光景美，和风暖日，惹起杜鹃啼。

〔秃厮儿〕凝眸处黄莺子规，动情的绿暗红稀。莺慵燕懒蝶倦飞，冷落了芳菲，春归。

〔圣药王〕醉似泥，仆从随，见小桥流水隔花溪。柳岸西，近古堤，数枝红杏出疏篱，墙外舞青旗。

〔尾〕四围锦绣繁华地，车马喧天闹起。看了这红紫翠乡中，堪写在丹青画图里。

○ 明张禄《词林摘艳》、明郭勋《雍熙乐府》题“春游”。

绿柳凋残，黄花放彻。塞雁声悲，寒蛩韵切。旧恨千般，新愁万叠。正美满，忍间别，雨歇云收，花残月缺。

〔紫花儿序〕摘楞的瑶琴弦断，不通的井坠银瓶，吉丁的碧玉簪折。音书难寄，去路遥赊。伤嗟，目断云山千万叠。最苦是离别，鸳被空舒，凤枕虚设。

〔金蕉叶〕那的是情牵意惹，那的是肠荒腹热。怕的是纱窗外风飘败叶，又听的铁马儿丁当韵切。

〔调笑令〕把眉峰暗结，最苦是离别。不烦恼除非心似铁。冷清清捱落西楼月,又听得戍楼上画角呜噎,奏梅花数声砧韵切。业心肠越不宁贴。

〔秃厮儿〕正欢悦谁知间别,才美满又早离别。俺两个云期雨约难弃舍,似团圆一轮月,被云遮。

〔圣药王〕好教我愁万结,恨万叠,满怀愁闷对谁说。成间别,时运拙,气长吁多似篆烟斜。和绛蜡也啼血。

〔鬼三台〕也是我前生业,今世里填还彻,一寸柔肠千万结。想啼痕一点点尽成血,越教人哽噎。本待要宁宁帖帖刚睡些,怎禁那啾啾唧唧蛩韵切。觉来时宝鼎烟消,铜壶漏绝。

〔紫花儿序〕惊好梦几声儿寒雁,伴人愁的一点孤灯,照离情半窗残月。临歧执手,不忍分别。只待稳步蟾宫将仙桂折,到如今暮秋时节。他只待金榜名标,那里问玉箫声绝。

〔尾〕受凄惶甚识分明夜,把捱过的凄凉记者。来时节一句句向枕头儿上言,一星星向被窝儿里说。

◯ 明张禄《词林摘艳》题“怨别”,明郭勋《雍熙乐府》题“离思伤秋”。

半世飘蓬,闲茶浪酒。十载追陪,狂朋怪友。倚翠偎红,眠花卧柳。怪胆儿惺忪,耍性儿柔。成合了心厮爱夫妻,情厮当配偶。

〔紫花儿序〕受用春风谢馆,晓日章台,夜月秦楼。向红裙中插手,锦被里舒头。风流,不许旁人下钓钩。燕侣莺俦，百匹酬歌，红锦缠头。

〔金蕉叶〕寨儿里相知是有，一见咱望风举手。若论着点砌排科惯熟，敢教那罢剪嘴姨夫闭口。

〔调笑令〕声名儿岁久急难收，则恐怕扶侍冤家不到头。风月脚到处须成就，誓不曾落人机彀。搬的他燃香剪发百事有，虚心冷气，使尽刚柔。

〔秃厮儿〕爱杨柳楼心殢酒，喜芙蓉帐里藏阄。美孜孜翠鬟排左右，歌白雪，捧金瓯，温柔。

〔圣药王〕春事休，夏当游，向芰荷香里泛兰舟。到中秋，月色幽，醉醺醺无月不登楼，兀剌抵多少风雨替花愁。

〔尾〕花阴柳影霎时驰骤，急回首三旬左右。罢却爱月惜花心，闲着题诗画眉手。

〇 明张栩《彩笔情辞》题“自省”。

媚媚姿姿，淹淹润润。袅袅婷婷，风风韵韵。脸衬朝霞，指如嫩笋。一搦腰，六幅裙，万种妖娆，千般可人。

〔紫花儿序〕曲弯弯蛾眉扫黛，慢松松凤髻高盘，高耸耸蝉鬓堆云。一团儿旖旎，百倍儿精神。超群，越女吴姬怎生衬。席上殷勤，百媚庞儿，端的一笑风生。

〔秃厮儿〕瘦怯怯金莲窄稳，娇滴滴皓齿朱唇。肌如美玉无玷损。但见了，总消魂，绝伦。

〔圣药王〕酒半醺，更漏分，画堂银烛照黄昏。枕上恩，被底亲，丁香笑吐兰麝喷。灯下看佳人。

〔尾〕好姻缘休到别离恨，只恐怕两下里魂牵梦引。我罗衫褙儿宽，你唐裙带儿尽。

◯ 明张禄《词林摘艳》题“风情”，明郭勋《雍熙乐府》题“美眷”。

雪艳霜姿，香肌玉软。杏脸红娇，桃腮粉浅。金凤斜簪，云鬟半偏。插玉梳，贴翠钿，舞态轻盈，歌喉宛转。

〔紫花儿序〕他有苏卿般才貌，我学双渐真诚，望博个美满姻缘。俳优体样，乐府梨园。天然，不若如桃源洞里仙？可爱堪怜，一搦腰肢，半折金莲。

〔小桃红〕初出兰堂立樽前，似月里嫦娥现，一撮精神胜飞燕。正当年，柳眉星眼芙蓉面。绛衣缥缈，麝兰琼树，花里遇神仙。

〔天净沙〕初相逢恨惹情牵，间深里都受熬煎。各办着心真意坚，有时得便，赴佳期月底星前。

〔尾〕狠毒娘间阻得难相见，统镘的姨夫恋缠。我为甚着探脚儿勤，只恐怕离别路儿远。

雨意云情，十朝五朝。霜艳天姿，千娇万娇。凤髻浓梳，蛾眉淡扫。樱桃口，杨柳腰，玉笋纤纤，金莲小小。

〔紫花儿序〕歌骊珠一串，舞瑞雪千回，无福也难消。超群旖旎，出格妖娆。风流，一笑千金价不高。世间绝妙，特意厚情深，引得个人梦断魂劳。

〔秃厮儿〕闽儿中眉尖眼角，寨儿中口强心乔。谢琼姬不嫌王子乔，同跨凤，宴蟠桃，吹箫。

〔尾〕不堤防侧脚里姨夫每闹，全在你个有终始冤家不错。我身上但留心，偷方便应付了。

玉笛愁闻，妆奁倦开。鬓亸乌云，眉颦翠黛。慵转歌喉，羞翻舞态。闷填胸，泪满腮，常记得锦字偷传，香囊暗解。

〔小桃红〕倚阑无语忆多才，往事今何在。玉体厌厌为谁害，瘦形骸，今春更比前春赛。雕阑玉砌，绿窗朱户，深院锁苍苔。

〔醉扶归〕抛却香罗带，慵整短金钗。无语无言闷答孩，不厌倦衫儿窄。几度将龟儿卦买，何日佳期再？

〔天净沙〕也是咱运拙时乖，致令得雨杳云埋。侧脚里相知不该。胡喧乱讲，纸糊锹怎撅得倒阳台。

〔尾〕把一片偷香窃玉心宁耐，喑气吞声慢捱。怕甚风月闷愁乡，烟波是非海。

【集评】

明李开先《词谑》：此词不知元何人作，或云王伯成。观其句法意味，非伯成不能。

〔越调〕**梅花引**

无名氏

兰蕊檀心仙袂香，蝶粉蜂黄宫样妆。紫云娘，采衣郎，东君配偶，天然是一双。

〔紫花儿序〕丹青模样，冰雪肌肤，锦绣心肠。惊魂未定，好事多妨。堪伤，不做美相知每早使伎俩，左右拦障。笑里藏刀，雪上加霜。

〔么〕日沉西浦，月转南楼，花暗东墙。尽教人妒，谁敢声扬。参详，但得伊家好觑当。问甚凄凉？苦乐同受，生死难忘。

〔秃厮儿〕分破金钗凤凰，折开绣带鸳鸯。离怀扰扰愁闷广。不由俺，到黄昏，思量。

〔尾〕近来陡恁无情况，自写你个劳成不良。三两遍问佳期，一千般到说谎。

○ 明朱权《太和正音谱》属吴弘道。

〔黄钟〕**醉花阴**

白　贲

独倚屏山把玉纤屈，并鸳枕将归期算彻。一自玉人别，瘦骨岩岩，攒过裙腰摺。

〔出队子〕粉香一捻，不思量难弃舍。语怜檀口口咨嗟，情怨芳心心哽噎，愁压蛾眉眉暗结。

〔么〕秦欢晋爱成吴越，料今生缘分拙。四时饮膳强捱些，千种恩情有间隔，海样相思无处说。

〔神仗儿煞〕菱花半缺，合欢带绝。楚岫云迷，蓝桥月缺。银瓶沉坠，琼簪碎折，锦筝应拆弦难接。骖鸾梦宁贴，修鸳简更悲切。紫砚飞香，墨浮兰麝，蘸秋毫撇笔代喉舌，诉离情粉笺和泪写。

〔黄钟〕醉花阴

陈子厚

宝钏松金髻云亸，甚试曾浓梳艳裹。宽绣带掩香罗，鬼病厌厌，除见他家可。

〔出队子〕伤心无奈，遣离人愁闷多。见银台绛蜡尽消磨，玉鼎无烟香烬火，烛灭香消怎奈何。

〔么〕情郎去后添寂寞，盼佳期无始末。这一双业眼敛秋波，两叶愁眉蹙翠蛾，泪滴胭脂添玉颗。

〔尾〕着我倒枕捶床怎生卧，到二三更暖不温和。连这没人情的被窝儿也奚落我。

○ 明郭勋《雍熙乐府》题“孤另”。

〔黄钟〕侍香金童

关汉卿

春闺院宇，柳絮飘香雪。帘幕轻寒雨乍歇，东风落花迷粉蝶。芍药初开，海棠才谢。

〔么〕柔肠脉脉，新愁千万叠。偶记年前人乍别，秦台玉箫声断绝。雁底关河，马头明月。

〔降黄龙衮〕鳞鸿无个，锦笺慵写。腕松金，肌削玉，罗衣宽彻。泪痕淹破，胭脂双颊。宝鉴愁临，翠钿羞贴。

〔么〕等闲辜负，好天良夜。玉炉中，银台上，香消烛灭。凤帏冷落，鸳衾虚设。玉笋频搓，绣鞋重攧。

〔出队子〕听子规啼血，又西楼角韵咽，半帘花影自横斜。画檐间丁当风弄铁，纱窗外琅玕敲瘦节。

〔么〕铜壶玉漏催凄切，正更阑人静也。金闺潇洒转伤嗟。莲步轻移呼侍妾，把香桌儿安排打快些。

〔神仗儿煞〕深沉院舍，蟾光皎洁。整顿了霓裳，把名香谨爇。伽伽拜罢，频频祷祝，不求富贵豪奢，只愿得夫妻每早早圆备者。

〔黄钟〕**愿成双**(三首)

无名氏

香共爇，誓共说，美姻缘永不离别。为功名两字赴长安，阻隔烟水云山万叠。

〔么〕辜恩一去成抛撇，他无情俺倒心呆。悔当时恨不锁雕鞍，扑倒得人香肌褪雪。

〔出队子〕柔肠千结，算今番愁又别。长吁短叹不宁贴，泪眼愁眉怎打叠。若见他家亲自说。

〔么〕玉簪折怎得鸾胶接，见无由成间别。你不来人道你心邪，我先死天教我业彻。欲寄平安怎地写。

〔尾〕若把我双郎见时节，向三婆行诉不尽喉舌，则道是思量得小卿成病也。

○ 明郭勋《雍熙乐府》题“苏卿”。

鸳鸯对，鸾凤鸣，恰寻着美满前程。团香惜玉好恩情，忽变做了充饥画饼。

〔么〕吉丁的分破菱花镜，扑冬的井坠银瓶。指山卖磨爱钱精，送得我离乡背井。

〔出队子〕佳人薄幸，没福消双县令。老娘无赖，放过书生。秀士多魔，遇着柳青。妾守冯魁似胲下瘿。

〔么〕到如今划地无形影，教奴家愁越增。半江秋影月偏明，满腹愁烦心自哽。一雁哀鸣水云冷。

〔尾〕传示你个双生莫傒幸，休埋怨这不得已苏卿，先向豫章城下等。

○ 明郭勋《雍熙乐府》题“苏卿”。

如病弱，似醉酣，鬓鬅松髻亸金簪。锦衣宽褪瘦岩岩，残粉泪香消玉减。

〔么〕恨东君不管人情淡，绽芳丛缬锦争揽。旧游园圃见停骖，思往事离愁越感。

〔出队子〕慵临鸾鉴，瘦容颜影自惨。邻姬问我似痴憨，欲语无言心自惨。似恁熬煎可惯耽。

〔么〕看时节梦儿里将人赚,闪得奴恨不甘。山盟海誓我心贪,负德辜恩他意敢。悔恨当初我自揽。

〔尾〕留恋你个三婆等时暂,则这几行书和泪封缄,写着道意不过呵肯来看探俺。

〔中吕〕粉蝶儿

无名氏

男子当途,受皇恩稳食天禄。凭着济世才列郡分符。事君忠,于亲孝,下安黎庶。驷马高车,正清朝太平时世。

〔醉春风〕娶一个鸳帐凤帏人,一个雾鬓云鬟女。退朝时开宴后堂中,此心是足、足。一个吴越妖娆,一个幽燕佳丽,都有那可人情绪。

〔迎仙客〕一个带玉钗,一个插犀梳,天然一双美艳姝。一个是晓莺啼,一个是雏凤语。一个生长在皇都,一个妾本钱塘住。

〔红绣鞋〕一个看白草风吹北固,一个赏红莲烟水西湖,眼落处逢场取欢娱。向南来乘着画舸,投北去载着香车,同居深院宇。

〔石榴花〕停头的和顺做妻夫,则要你休争竞厮宾伏。两间罗幕碧纱橱,收拾着睡处,准备活路。尊前席上同完聚,醉时节左右相扶。宴阑时各自归房去,同欢庆不偏辜。

〔斗虾蟆〕一个到月白三更,一个在清清如酒,爇金猊静烧画烛。权夜起披衣厮应付,怎肯教有共无。都做了惜玉怜香，尤云殢雨。

〔普天乐〕共衾裯，同裀褥。轻偎柳腰，款衬胸酥。皆袅娜，情和睦。一个夜静罗帏山盟处，一个日三竿晓镜妆梳。一个引丫鬟使数，一个将梅香小玉，都罗绮金珠。

〔耍孩儿〕桃腮杏脸娇人物，五百年姻缘眷属。一个入时颜色动京师，一个繁华南国娇姝。一个道杜鹃声里奴宅舍，一个道朝马尘中妾祖居。彼各夸乡故，一个道玩日华五云楼观，一个道看潮鸣八月江湖。

〔四煞〕一个启樱唇香点匀，一个扫蛾眉翠黛舒，汉宫妆淡洒蔷薇露。一个红吊礅绣履十分瘦，一个锦靿袜钩四寸余。同观觑，一个冠儿上剩铺广翠，一个头袖上多缀珍珠。

〔三煞〕仙衣观剪裁，绮罗新制出，一个绣援蓝衫子拖他绿。一个白罗帕兜映遮尘笠，一个乌云髻斜簪压鬓梳。一个赴筵会娇乘翠辇，一个随人情稳坐肩舆。

〔二煞〕一个要白熟饼烂煮羊，一个要炊香粳辣燴鱼，同茶同饭同尊俎。醉来时枕遍黄金串，情极处亲偎白玉肤。相怜处，到夏里洒扫净凉亭水阁，到冬来安排着暖阁红炉。

〔一煞〕一个休寻常看侍妾，一个莫等闲抛调奴，把凭似玉天仙手掌擎心肝般觑。一个演习那渐闲言语呼郎婿，一个撇着些都下乡音唤丈夫。休相妒，你莫琴书上意懒，你休针线上清疏。

〔尾〕一般儿难主张，两下里自暗忖。五花诰使不得人情与，看那一个娇羞做得主。

〔中吕〕粉蝶儿

王仲诚

昨宴东楼，玳筵开舞裙歌袖，一团儿玉软花柔。遏行云，回飞雪，玲珑剔透。交错觥筹，捻冰丸暗藏锦绣。

〔醉春风〕娇滴滴杏脸嫩如花，细松松纤腰轻似柳。有丹青巧笔写奇真，怎的朽、朽？檀口能歌，莲舌轻调，柳眉频皱。

〔迎仙客〕露玉纤，捧金瓯，云鬓巧簪金凤头。荡湘裙，掩玉钩。百倍风流，无福也难消受。

〔满庭芳〕人间罕有，沉鱼落雁，月闭花羞。蕙兰性一点灵犀透，举止温柔。成合了鸾交凤友，匹配了燕侣莺俦。轻掴就，如弹玉纤粉汗流，佯呵欠袖儿里低声儿咒。一会家把人迤逗，撇不下漾秋波一对动情眸。

〔中吕〕粉蝶儿

孙叔顺

海马闲骑，则为瘦人参请他医治。背药包的刘寄奴跟随。一脚的陌门东，来到这乾阁内，飞帘簌地。能医其乡妇沉疾，因此上共宾郎结成欢会。

〔醉春风〕说远志诉莲心，靠肌酥偎玉体。食膏粱五味卧重裀，阳起是你、你。受用他笑吐丁香，软柔钟乳，到有些五灵之气。

〔迎仙客〕行过芍药圃，菊花篱，沉香亭色情何太急。停立在曲槛边，从容在芳径里。待黄昏不想当归，尚有百部徘徊意。

〔红绣鞋〕半夏遐蛇床上同睡，芫花边似燕子双飞，则道洞房风月少人知。不想被红娘先蹴破，使君子受凌迟，便有他白头公难救你。

〔耍孩儿〕木贼般合解到当官跪，刀笔吏焉能放你。便将白纸取招伏，选剥了裈布无衣。荜澄茄拷打得青皮肿，玄胡索拴缚得狗脊低。你便穿山甲应何济？议论得罪名管仲，毕拨得文案无疑。

〔三煞〕他做官司的剖决明，告私情的能指实，监囚在里人心碎。一个旱莲腮空滴白凡泪，一个漏芦腿难禁苦杖笞。吊疼痛添憔悴，问甚么干连你父子，可惜教带累他乌梅。

〔二煞〕意浓甜有苦参，事多凶大戟，今日个身遭缧绁犹道是心甘遂。清廉家却有这糊突事，时罗姐难为官宜妻。浪荡子合当废，破故纸揩不了腥臭，寒水石洗不尽身肌。

〔一煞〕向雨余凉夜中，对天南星月底，说合成织女牵牛会。指望常山远水恩情久，不想这剪草除根巾帻低，那一个画不成青黛蛾眉。

〔尾〕骂你个辱先灵的蒋太医，我看你乍回乡归故里。蔓荆子续断了通奸罪，则被那散杏子的康瘤儿笑杀你。

〔中吕〕粉蝶儿

马致远

寰海清夷，扇祥风太平朝世，赞尧仁洪福天齐。乐时丰，逢岁稔，天开祥瑞。万世皇基，股肱良庙堂之器。

〔迎仙客〕寿星捧玉杯，王母下瑶池，乐声齐众仙来庆喜。六合清，八辅美。九五龙飞，四海升平日。

〔喜春来〕凤皇池暖风光丽，日月袍新扇影低。雕阑玉砌采云飞。才万里，锦绣簇华夷。

〔满庭芳〕皇封酒美，帘开紫雾，香喷金猊。望枫宸八拜丹墀内，衮龙衣垂拱无为。龙蛇动旌旗影里，燕雀高宫殿风微。道德天地，尧天舜日，看文武两班齐。

〔尾〕祝吾皇万万年，镇家邦万万里。八方齐贺当今帝，稳坐盘龙亢金椅。

卷　九

套　数

〔双调〕**夜行船**

马致远

酒病花愁何日彻，劣冤家省可里随斜。见气顺的心疼，脾和的眼热，休没前程外人行言说。

〔幺〕但有半米儿亏伊天觑者，图个甚意断恩绝。你既不弃旧怜新，休想我等闲心趄，合受这场抛撇。

〔鸳鸯煞〕据他有魂灵宜赛多情社，俺心合受这相思业。牵惹情怀，愁恨千叠。唱道但得半米儿有担擎底九千纸教天赦，怕有半米见心别，教不出的房门化做血。

〔双调〕**夜行船**

吕止轩

咏金莲

颜色天然风韵佳，据精神闭月羞花。腻粉妆，施匀罢，风流处那些儿堪画。

〔步步娇〕微露金莲唐裙下，端的是些娘大。刚半折，若舞霓裳将翠盘踏。若是觑绝他，不让杨妃袜。

〔沉醉东风〕那步轻轻慢撒，移踪款款微踏。或是到晚夕，临床榻，拥鲛绡枕边灯下。那的是冤家痛紧恰，脱了鞋儿缠咱。

〔拨不断〕为冤家，恨咱家，三兜根用意收拾煞，缠得上十分紧恰。怕松时重套上吴绫袜，从缠上几时撇下。

〔离亭宴煞〕比如常向心头挂，争如移上双肩搭。问得冤家既肯，须当手内亲拿。或是胳膊上擎，或是肩儿上架。高点银钉看咱，啮弄着彻心儿欢，高跷着尽情儿要。

◯ 明郭勋《雍熙乐府》题“赠小脚娃”。

〔双调〕乔牌儿

关汉卿

世情推物理，人生贵适意。想人间造物搬兴废，吉藏凶凶暗吉。

〔夜行船〕富贵那能长富贵，日盈昃月满亏蚀。地下东南，天高西北，天地尚无完体。

〔庆宣和〕算到天明走到黑，赤紧的是衣食。凫短鹤长不能齐，且休题，谁是非。

〔锦上花〕展放愁眉，休争闲气。今日容颜，老如昨日。古往今来，恁须尽知，贤的愚的，贫的和富的。

〔么〕到头这一身，难逃那一日。受用了一朝，一朝便宜。百岁光阴，七十者稀。急急流年，滔滔逝水。

〔清江引〕落花满院春又归，晚景成何济。车尘马足中，蚁穴蜂衙内，寻取个稳便处闲坐地。

〔碧玉箫〕乌兔相催，日月走东西。人生别离，白发故人稀。不停闲岁月疾，光阴似驹过隙。君莫痴，休争名利。幸有几杯，且不如花前醉。

〔歇拍煞〕恁则待闲熬煎闲烦恼闲萦系，闲追欢闲落魄闲游戏。金鸡触祸机，得时间早弃途迷。繁华重念箫韶歇，急流勇退寻归计。采蕨薇洗是非，夷齐等巢由辈。这两个谁人似得：松菊晋陶潜，江湖越范蠡。

〔双调〕风入松(二首)

吕止轩

半生花柳稍曾耽，风月畅尴尬。付能巴到蓝桥驿，不堤防烟水重渰。追想盟山誓海，几度泪湿青衫。

〔乔牌儿〕再不将风月参，勾断欠余滥。偶因那日相逢处，两情牵，他共俺。

〔新水令〕巧盘云髻插琼簪，穿一套素衣恁般甜淡。他说得话儿岩，合下手脾和，莫不是把人赚。

〔搅筝琶〕闲言探，切恐话交参。休道咱虚，怕伊不敢。岂怕外人知，只恐娘监。离恨闷愁两下耽，独自个羞惨。

〔离亭宴歇指煞〕做时节彼各休心厌，做时节休把人坑陷。常欢喜星前月下，休等闲间面北眉南。既做时休忐忑，若意懒后众生便减。我着片无忝和朴实心,博伊家做怪胆。

翠楼红袖倒金壶,春色满皇都。夜阑划地烧银烛,那其间多少欢娱。薄利虚名间阻,俏风格以此消疏。

〔乔牌儿〕这番本实虚,不合惹题目。俊禽着网惜翎羽,忍不住,自暗付。

〔天仙子〕棘里兔难配扑天鹘,馋眼痴心,看之不足。猛可里见姨夫,败坏风俗。好花怎教他做主,不辨贤愚。

〔离亭宴煞〕锦笺空写多情句,枉可惜口谈珠玉。假做苏卿伴侣,被冯魁已早图谋,使尽心才得悟。则不如将取孛兰便数。咱看上脸儿甜,止不过钞儿苦。

◯ 明郭勋《雍熙乐府》属吕止庵。明张栩《彩笔情辞》题"题恨"。

〔双调〕新水令

无名氏

大明开放九重天,拜紫宸玉楼金殿。红摇银烛影,香袅御炉烟。奏凤管冰弦,唱大曲梨园。列文武官员,降玉府神仙,齐贺太平年。

〔庆东原〕遣奉使传丹诏,赈饿贫审滞冤,黜贪邪访民瘼巡行遍。陛下恩极四边,祥开万年,和应三元。选人物治朝纲,取进士登科选。

〔雁儿落得胜令〕朝廷德化宣,台察清风宪。都堂有政声，枢府无征战。四海永安然，诸邦尽朝献。武将每黄阁麒麟上，宰相每青霄日月边。仰洪福齐天，无东面征西夷怨。君贤臣贤，庆吾皇泰定年。

〔鸳鸯煞〕万万载户口增田畴辟民归善，民归善省刑罚薄税敛差徭免。差徭免日月同明，日月同明嵩岳齐肩。唱道嵩岳齐肩虎据中原，虎据中原龙飞九天。龙飞九天，雨顺风调，合天意随人愿。随人愿照百二山川，照百二山川一点金星瑞云里现。

〔双调〕新水令(五首)

关汉卿

楚台云雨会巫峡，赴昨宵约来的期话。楼头栖燕子，庭院已闻鸦。料想他家，收针指晚妆罢。

〔乔牌儿〕款将花径踏，独立在纱窗下，颤钦钦把不定心头怕。不敢将小名呼咱，则索等候他。

〔雁儿落〕怕别人瞧见咱，掩映在酴醿架。等多时不见来，则索独立在花阴下。

〔挂搭钩〕等候多时不见他，这的是约下佳期话？莫不是贪睡人儿忘了那，伏冢在蓝桥下。意懊恼却待将他骂，听得呀的门开，蓦见如花。

〔豆叶黄〕髻挽乌云，蝉鬓堆鸦。粉腻酥胸，脸衬红霞。袅娜腰肢更喜恰，堪讲堪夸。比月里嫦娥，媚媚孜孜，那更撑达。

〔七弟兄〕我这里觅他，唤他，哎女孩儿，果然道色胆天来大。怀儿里搂抱着俏冤家，揾香腮悄语低低话。

〔梅花酒〕两情浓，兴转佳。地权为床榻，月高烧银蜡。夜深沉，人静悄，低低的问如花，终是个女儿家。

〔收江南〕好风吹绽牡丹花，半合儿揉损绛裙纱。冷丁丁舌尖上送香茶，都不到半霎，森森一向遍身麻。

〔尾〕整乌云欲把金莲屧，纽回身再说些儿话。你明夜个早些儿来，我专听着纱窗外芭蕉叶儿上打。

闲争夺鼎沸了丽春园，欠排场不堪久恋。时间相敬爱，端的怎团圆，白没事教人笑惹人怨。

〔驻马听〕锦阵里争先，紧卷旗幡不再展。花营中挑战，劳拴意马与心猿。降书执写纳君前，唇枪舌剑难施展。参破脱空禅，早抽头索甚他人劝。

〔乔牌儿〕都将咱冷句呫，心儿里岂不嫌。屯门塞户衠钢剑，纸糊锹怎地展。

〔天仙子〕从今后识破野狐涎，红粉无情，灾星不现。村酒酽野花浓，再不粘拈。当时话儿无应显，好事天悭。

〔尾〕料应也不得为姻眷，有了神前咒怨。为甚脚儿稀，赤紧的阳台路儿远。

搅闲风吹散楚台云，天对付满怀愁闷。你那里欢娱嫌夜短，俺寂寞恨长更。恰似线断风筝，绝鱼雁杳音信。

〔驻马听〕多绪多情，病身躯憔悴损。闲愁闲闷，将柳带结同心。瘦岩岩宽腿了绛绡裙,羞答答恐怕他邻姬问。若道伤春,今年更比年时甚。

〔沉醉东风〕莲脸上何曾傅粉,鬓鬅松不整乌云。口儿咶心儿里印。捱一宵胜似三春,怕的是黄昏点上灯,照见俺孤凄瘦影。

〔么〕早是我愁怀闷哽,更那堪四扇帏屏,遣人愁添人恨。无端煞丹青,画得来双双厮配定,做得伤情对景。

〔天仙子〕一扇儿画着双通叔和苏氏到豫章城;一扇儿是司马文君;一扇儿是王魁桂英,画的来厮顾盼厮温存,比各青春;这一扇儿比他每情更深,是君瑞莺莺。

〔随煞〕您团圆偏俺成孤另,拥被和衣坐等。听鼓打四更过,搭伏定鸳鸯枕头儿等。

寨儿中风月煞经谙,收心也合搠渰。再不缠头戴蜀锦,沽酒典春衫。心如柳絮粘泥,狂风过怎摇撼。

〔乔牌儿〕这番天对勘,非是俺愚滥。相知每侧脚里来轰减,盖因他酒半酣。

〔夜行船〕又引起往前风月胆,今番做得尴尬。且休说久远当来,奈何时暂,这些时陡羞惨。

〔天仙子〕咱非参坏怪斗来搀,怎肯袄庙火绝,蓝桥水渰。难掩盖泼风声,被各俱耽。怎只恁两下里阻隔情分减,面北眉南。

〔离亭宴煞〕你休起风波剁断渔舟缆,得团圆摔破青铜鉴。冤家行再三再三,嘱付勤相探,常将好事贪,却休教花星暗。万一问休将人倒赚,眼剉了可憎才,心疼煞志诚俺。

凤凰台上忆吹箫,似钱塘梦魂初觉。花月约,凤鸾交。半世疏狂,总做了一场懊。

〔驻马听〕黄诏奢豪,桑木剑熬乏古定刀。双郎穷薄,纸糊锹撅了点钢锹。怕不待争锋取债恋多娇,又索书名画字寻人保。枉徒劳,供钱买笑教人笑。

〔落梅风〕姨夫闹,咱便烧,君子不夺人之好。他揽定磨杆儿夸俏,推不动磨杆上自吊。

〔步步娇〕积趱下三十两通行鸦青钞,买取个大笠子粗麻罩。妆甚么眼落处和他契丹交。虽是不风骚,不到得着圈套。

〔离亭宴带歇指煞〕佳人有意郎君俏,郎君没钞莺花恼。如今等惜花人弄巧,止不过美话儿排,虚科儿套,实心儿少。想着月下情,星前约,是则是花木瓜儿看好。李亚仙负心疾,郑元和下番早。

〔双调〕**新水令**

蒲察善长

听楼头画鼓打三更,绣帏中枕余衾剩。明朗朗窗前月,昏惨惨榻前灯。我这里独倚定帏屏,檐间铁好难听。

〔驻马听〕聒煞我也当当丁丁,恰便似再出世陈抟睡不成。度一宵如同百岁,捱一朝胜似三春。金炉香炉酒初醒,孤眠那怕心肠硬。闲愁可惯经？惟有相思最是难熬的症。

〔乔牌儿〕一回家睡不着独自个寝，非干是咱薄幸。没来由簪折瓶沉井，将鸳鸯两下里分。

〔雁儿落〕常想花前携手行，月下肩相并。罗被翻浪红，玉腕相交定。

〔得胜令〕担不得翠弯眉黛远山青，红馥馥桃脸褪朱唇。细袅袅杨柳腰肢瘦，齐臻臻青丝髻绾云。天生下精神，更那堪十指纤纤嫩。描不就丹青，比天仙少个净瓶。

〔川拨棹〕不由我泪盈盈，听长空孤雁声。我与你暂出门庭，听我丁宁。自别情人，雁儿我其实捱不过衾寒枕冷，相思病积渐成。

〔七弟兄〕雁儿你却是怎生，暂停，听我诉离情。一封书与你牢拴定。快疾忙飞过蓼花汀，那人家寝睡长门静。

〔梅花酒〕雁儿呀呀的叫几声，惊起那人听。说着咱名姓，他自有人相迎。从别后不见影，闪得人亡了魂灵。罗帷中愁怎禁，则为他挂心情。朝忘餐泪如倾，曲慵唱酒慵斟。

〔收江南〕雁儿可怜见今宵独自个冷清清，你与我疾回疾转莫留停。山遥水远煞劳神。雁儿天道儿未明，且休要等闲寻伴宿沙汀。

〔尾〕你是必休倦云淡风力紧，我这里想谁医治相思病。传示我可意情人，休辜负海誓山盟。唱道性命也似看承，心脾般钦敬，唯办你鹏程，我这里独守银缸慢慢的等。

〔双调〕新水令

刘时中

代马诉冤

世无伯乐怨他谁，干送了挽盐车骐骥。空怀伏枥心，徒负化龙威。索甚伤悲，用之行舍之弃。

〔驻马听〕玉鬣银蹄，再谁想三月襄阳绿草齐。雕鞍金辔，再谁收一鞭行色夕阳低。花间不听紫骝嘶，帐前空叹乌骓逝。命乖我自知，眼见的千金骏骨无人贵。

〔雁儿落〕谁知我汗血功，谁想我垂缰义。谁怜我千里才，谁识我千钧力。

〔得胜令〕谁念我当日跳檀溪，救先主出重围。谁念我单刀会随着关羽，谁念我美良川扶持敬德。若论着今日，索输与这驴群队。果必有征敌，这驴每怎用的。

〔甜水令〕为这等乍富儿曹，无知小辈，一概地把人欺。一地里快蹿轻踮，乱走胡奔，紧先行不识尊卑。

〔折桂令〕致令得官府闻知，验数目存留，分官品高低。准备着竹杖芒鞋，免不得奔走驱驰。再不敢鞭骏骑向街头闹起，则索扭蛮腰将足下殃及。为此辈无知，将我连累，把我埋没在蓬蒿，失陷污泥。

〔尾〕有一等逞雄心屠户贪微利，咽馋涎豪客思佳味，一地把性命亏图，百般地将刑法陵迟。唱道任意欺公，全无道理，从今去谁买谁骑，眼见得无客贩无人喂。便休说站驿难为，则怕你东讨西征那时节悔。

〔双调〕醉春风

贯云石

羞画远山眉，不忺宫样妆。平白地招揽这愁场。枉了那旧日恩情，旧时风韵，直恁么改模夺样。

〔间金四块玉〕冤家早是没胆量，遭逢着狠毒爹娘。赤紧地家私十分快，生纽做山遥水长。

〔减字木兰花〕早是愁怀百倍伤，那更值秋光，逐朝倚定门儿望，怯昏黄，怕的是塞角韵悠扬。

〔高过金盏儿〕入兰堂，断人肠，塞鸿相和蛩吟响。烧残沉麝，灭了银釭，却欲待刚睡些，隔纱窗凉月儿转回廊。

〔卖花声煞〕簌朱帘猛然离了绣幌，携手相将入洞房。欲诉相思晓鸡唱，好梦惊回泪万行，都滴在枕头儿上。

【集评】

清沈雄《古今词话》：调则词而语则曲也，不可以不辨。如《减字木兰花》亦有北曲，词云“愁怀百倍伤”云云，毕竟是曲而非词。

辑　佚

小　令

〔双调〕寿阳曲(三首)

张可久

东风地，西子湖，湿冥冥柳烟花雾。黄莺乱啼蝴蝶舞，几秋千打将春去。

○ 元张可久《小山乐府》题“春晚”。

柳叶微风闹，荷花落日酣，拂长空远山云淡。红妆女儿十二三，采莲归小舟轻揽。

○ 元张可久《小山乐府》题“书所见”。

松梢月，桂子香，又诗成冷泉亭上。醉归来晚风生嫩凉，戗金船玉人低唱。

○ 元张可久《小山乐府》题“月明归兴”。

〔双调〕殿前欢

贯云石

夜啼乌，柳枝和月翠扶疏。绣鞋香染莓苔路，搔首踟蹰。灯残瘦影孤，花落流年度，春去佳期误。离鸾有恨，过雁无书。

〔双调〕殿前欢(四首)

杨朝英

和阿里西瑛韵

白云窝，闲赊村酒杖藜拖。乐天知命随缘过，尽自婆娑。任风涛万丈波，难著莫，醉里乾坤大。呵呵笑我，我笑呵呵。

白云窝，浮云富贵待如何。闲时膝上横琴坐，半世磨陀。待为□□甚么，无著莫，把世事都参破。呵呵笑我，我笑呵呵。

白云窝，天边乌兔似飞梭。安贫守己窝中坐，尽自磨陀。教顽童做过活，到大来无灾祸。园中瓜果，门外田禾。

白云窝，守着个知音知律俏奴哥。醉时鸳帐同衾卧，两意谐和。尽今生我共他，有句话闲提破。花前对饮，月下高歌。

〔双调〕殿前欢(二首)

无名氏

郑元和，郑元和打瓦罐到鸣珂。保儿骂我做陪钱货，我为是末穷汉身上情多。可怜见他灵车前唱挽歌，打从我门前过。我也曾提破，知他是元和爱我，我爱元和。

忆多情，忆多情直赶到豫章城。贩茶船险逼煞冯魁命，兀的不见浪子苏卿。他不由糀娘劣柳青，无媒证，直嫁与个临川令。知他是双生爱我，我爱双生。

〔中吕〕普天乐(三首)

无名氏

夜深沉，秋潇洒。风筛槛竹，雾锁窗纱。绣幕垂，朱扉亚。霜落梧桐雕阑谢，月明天啼杀宫鸦。香销宝鸭，帘敲玉马，灯谢瑶花。

○ 明无名氏《乐府群珠》题“秋夜闺思”。

海棠娇，梨花嫩。春妆成媚色，玉揞就精神。柳眉颦翡翠弯，杏脸腻胭脂晕。款步香尘双鸳印，立东风一片巫云。淹的转身，嘻的喑哑，参的消魂。

◯ 明无名氏《乐府群珠》题“春闺思”。

木犀风，梧桐月，珠帘鹦鹉，绣枕蝴蝶。玉人娇一晌欢，碧酝酿十分悦。断角疏钟淮南夜，撼西风唤起离别。知他是团圆也梦也，欢娱也醉也，烦恼也醒也？

◯ 明无名氏《乐府群珠》题“秋夜闺思”。

〔中吕〕普天乐(四首)

张可久

蕊珠宫，蓬莱洞。青松影里，红藕香中。千机云锦重，一片银河冻。缥缈佳人双飞凤，紫箫寒月满长空。阑干晚风，菱歌上下，渔火西东。

◯ 元张可久《小山乐府》题“西湖即事”。

翠藤枝，生绡扇。初三月上，第四桥边。东坡旧赏心，西子新妆面。万顷波光澄如练，不尘埃便是神仙。谁家画船，泠泠玉筝，渺渺哀弦。

◯ 元张可久《小山乐府》题“晚归湖上”。

老梅边，孤山下，晴桥蝃蝀，小舫琵琶。春残杜宇声，香冷荼蘼架。淡抹浓妆山如画，酒旗儿三两人家。斜阳落霞，娇云嫩水，剩柳残花。

◯ 元张可久《小山乐府》题“暮春即事”。

鹤归来，云飞去。仙山玉芝，秋水芙蕖。瑶台挂月奁，宝瑟移冰柱。一架寒香娑罗树，小阑干花影扶疏。凉生院宇，人闲洞府，客至蓬壶。

◯ 元张可久《小山乐府》题“鹤林观夜坐”。

〔中吕〕红绣鞋

贯云石

返旧约十年心事，动新愁半夜相思。常记得小窗人静夜深时。正西风闲时水，秋兴浅不禁诗，雕零了红叶儿。

◯ 明无名氏《乐府群珠》题“秋怀”。

〔中吕〕红绣鞋

无名氏

恰睡到三更前后，款款的擦下床头。不提防殢酒夫人被窝儿里搜。这场事无干净，这场事怎干休？唬得我摸盆儿推净手。

〔中吕〕红绣鞋(三首)

张可久

东舍西邻酒债，春花秋月诗才，两字功名困尘埃。青山依旧好，黄菊近新栽。没商量归去来。

○ 元张可久《小山乐府》题“次归去来韵”。

谈世事渔樵闲问，洗征尘麋鹿相亲。步入蓬莱误寻真。竹声摇翠雨，山影护苍云，神仙深处隐。

○ 元张可久《小山乐府》题“天台桐柏山中”。

黄叶青烟丹灶，曲阑明月诗巢。绿波亭下小红桥。老梅盘鹤膝，新柳舞蛮腰，嫩茶舒凤爪。

○ 元张可久《小山乐府》题“山中”。

〔中吕〕喜春来(十二首)

无名氏

潇潇夜雨滋黄菊,飒飒金风剪翠梧。青灯相伴影儿孤。闻禁鼓,长夜睡应无。

笔头风月时时过,眼底儿曹渐渐多。有人问我事如何?人海阔,无日不风波。

金钗剪烛金莲冷,玉鼎添香玉笋轻。软红深处听莺声。良夜永,尊有酒且消停。

伤心白发三千丈,过眼金钗十二行。老来休说少年狂,都是谎,尊有酒且徜徉。

黄金转世人何在?白日飞升谁见来?刘晨再要访天台。休分外,尊有酒且开怀。

江山不老天如醉,桃李无言春又归。人生七十古来稀。图甚的,尊有酒且舒眉。

推回尘世光阴磨,织老愁机日月梭。得婆娑处且婆娑。

休笑我，尊有酒且高歌。

座间明月清风我，门外红尘紫陌他。闲评鼎鼐怎调和，皆未可，尊有酒且高歌。

春方好处花将过，人到荣时发已皤。求田问舍待如何？皆未可，尊有酒且高歌。

芝兰满种功难就，荆棘都除力未周。百年心事两眉头。除是酒，消尽古今愁。

黄花篱下虽云乐，赤壁矶头气更豪。矶头篱下两相高，诗兴豪，沉醉乐陶陶。

○ 明无名氏《乐府群珠》题"慨古"。

才闻《金缕》歌声彻，不觉银瓶酒尽绝。管弦楼外月儿斜，沉醉也，不记玉人别。

〔中吕〕山坡羊(三首)

张可久

西湖沉醉，东风得意，玉骢骤响黄金辔。赏春归，看花回，宝香已暖鸳鸯被。梦绕绿窗初睡起。疾，人未知。忆，春去矣。

○ 元张可久《小山乐府》题“春日”。

梨花都谢，春衫初卸，绿阴空锁闲台榭。远山叠，暮云遮，青青杨柳连客舍。此景此情难弃舍。车，且慢些。别，人去也。

○ 元张可久《小山乐府》题“别怀”。

扁舟乘兴，读书相映，不如高卧柴门静。唾壶冰，短檠灯，隔窗孤月悬秋镜。长笛不知何处声，惊，人睡醒；清，梅弄影。

○ 元张可久《小山乐府》题“雪夜”。

〔中吕〕山坡羊(二首)

薛昂夫

惊人学业，掀天势业，是英雄隽败残杯炙。鬓堪嗟，雪难遮。晚来览镜中肠热，问着老天无话说。东，沉醉也。西，沉醉也。

○ 明无名氏《乐府群珠》题“述怀”。

大江东去，长安西去，为功名走遍天涯路。厌舟车，喜琴书，早星星鬓影瓜田暮。心待足时名便足。高，高处苦。

低，低处苦。

〇 明无名氏《乐府群珠》题“述怀”。

〔南吕〕**四块玉**(二首)

刘时中

禄万钟，家千口，父子为官弟封侯。画堂不管铜壶漏。休费心，休过求，擷破头。

〇 明无名氏《乐府群珠》题“叹世”。

风雪狂，衣衫破，冻损多情郑元和。哩哩唓唓唓哩啰学打莲花落。不甫能逢着亚仙，肯分的撞着李婆，怎奈何。

〇 明无名氏《乐府群珠》题“咏郑元和”。

套　数

〔小石调〕**恼煞人**

白　朴

又是红轮西坠，残霞照万顷银波。江上晚景寒烟，雾濛濛，风细细，阻隔离人萧索。

〔么〕宋玉悲秋愁闷，江淹梦笔寂寞。人间岂无成与破。想别离情绪，世界里只有俺一个。

〔伊州遍〕为忆小卿，牵肠割肚，凄惶悄然无底末。受尽平生苦，天涯海角，身心无个归著。恨冯魁，趋恩夺爱，狗行狼心，全然不怕天折挫。到如今划地吃耽阁。禁不过，更那堪晚来暮云深锁。

〔么〕故人杳杳，长江风送，听胡笳呖呖声韵聒。一轮皓月朗，几处鸣榔，时复唱和渔歌。转无那。沙汀蓼岸，一点渔灯相照，寂寞古渡停画舸。双生无语泪珠落，呼仆隶指拨水手，在意扶柁。

〔尾声〕兰舟定把芦花过，橹声省可里高声和。恐惊散宿鸳鸯，两分飞也似我。

【集评】

吴梅《顾曲麈谈》：〔小石调〕隶曲至少，元明作者寥寥，不可多见、惟白仁甫朴《兰谷集》中有《恼杀人》一套。

《国学典藏》丛书已出书目

周易［明］来知德 集注
诗经［宋］朱熹 集传
尚书 曾运乾 注
周礼［清］方苞 集注
仪礼［汉］郑玄 注［清］张尔岐 句读
礼记［元］陈澔 注
论语·大学·中庸［宋］朱熹 集注
孟子［宋］朱熹 集注
左传［战国］左丘明 著［晋］杜预 注
孝经［唐］李隆基 注［宋］邢昺 疏
尔雅［晋］郭璞 注
说文解字［汉］许慎 撰
战国策［汉］刘向 辑录
［宋］鲍彪 注［元］吴师道 校注
国语［战国］左丘明 著
［三国吴］韦昭 注
史记菁华录［汉］司马迁 著
［清］姚苎田 节评
徐霞客游记［明］徐弘祖 著
孔子家语［三国魏］王肃 注
（日）太宰纯 增注
荀子［战国］荀况 著［唐］杨倞 注
近思录［宋］朱熹 吕祖谦 编
［宋］叶采［清］茅星来 等注
传习录［明］王阳明 撰
（日）佐藤一斋 注评
老子［汉］河上公 注［汉］严遵 指归
［三国魏］王弼 注
庄子［清］王先谦 集解
列子［晋］张湛 注［唐］卢重玄 解
［唐］殷敬顺［宋］陈景元 释文
孙子［春秋］孙武 著［汉］曹操 等注
墨子［清］毕沅 校注
韩非子［清］王先慎 集解
吕氏春秋［汉］高诱 注［清］毕沅 校
管子［唐］房玄龄 注［明］刘绩 补注
淮南子［汉］刘安 著［汉］许慎 注
金刚经［后秦］鸠摩罗什 译 丁福保 笺注
楞伽经［南朝宋］求那跋陀罗 译
［宋］释正受 集注
坛经［唐］惠能 著 丁福保 笺注
世说新语［南朝宋］刘义庆 著
［南朝梁］刘孝标 注
山海经［晋］郭璞 注［清］郝懿行 笺疏
颜氏家训［北齐］颜之推 著
［清］赵曦明 注［清］卢文弨 补注
三字经·百家姓·千字文
［宋］王应麟等 著
龙文鞭影［明］萧良有等 编撰
幼学故事琼林［明］程登吉 原编
［清］邹圣脉 增补
梦溪笔谈［宋］沈括 著
容斋随笔［宋］洪迈 著
困学纪闻［宋］王应麟 著
［清］阎若璩 等注
楚辞［汉］刘向 辑
［汉］王逸 注［宋］洪兴祖 补注
曹植集［三国魏］曹植 著
［清］朱绪曾 考异［清］丁晏 铨评
陶渊明全集［晋］陶渊明 著
［清］陶澍 集注
王维诗集［唐］王维 著［清］赵殿成 笺注

杜甫诗集［唐］杜甫 著
［清］钱谦益 笺注
李贺诗集［唐］李贺 著［清］王琦等 评注
李商隐诗集［唐］李商隐 著
［清］朱鹤龄 笺注
杜牧诗集［唐］杜牧 著［清］冯集梧 注
李煜词集（附李璟词集、冯延巳词集）
［南唐］李煜 著
柳永词集［宋］柳永 著
晏殊词集·晏幾道词集
［宋］晏殊 晏幾道 著
苏轼词集［宋］苏轼 著［宋］傅幹 注
黄庭坚词集·秦观词集
［宋］黄庭坚 著［宋］秦观 著
李清照诗词集［宋］李清照 著
辛弃疾词集［宋］辛弃疾 著
纳兰性德词集［清］纳兰性德 著
六朝文絜［清］许梿 评选
［清］黎经诰 笺注
古文辞类纂［清］姚鼐 纂集
玉台新咏［南朝陈］徐陵 编
［清］吴兆宜 注［清］程琰 删补
古诗源 ［清］沈德潜 选评
乐府诗集［宋］郭茂倩 编撰
千家诗 ［宋］谢枋得 编
［清］王相 注［清］黎恂 注

花间集 ［后蜀］赵崇祚 集
［明］汤显祖 评
绝妙好词［宋］周密 选辑；
［清］项絪 笺；［清］查为仁 厉鹗 笺
词综［清］朱彝尊 汪森 编
花庵词选［宋］黄昇 选编
阳春白雪［元］杨朝英 选编
唐宋八大家文钞［清］张伯行 选编
宋诗精华录［清］陈衍 评选
古文观止［清］吴楚材 吴调侯 选注
唐诗三百首［清］蘅塘退士 编选
［清］陈婉俊 补注
宋词三百首［清］朱祖谋 编选
文心雕龙［南朝梁］刘勰 著
［清］黄叔琳 注 纪昀 评
李详 补注 刘咸炘 阐说
诗品［南朝梁］锺嵘 著
古直 笺 许文雨 讲疏
人间词话·王国维词集 王国维 著
西厢记［元］王实甫 著
［清］金圣叹 评点
牡丹亭［明］汤显祖 著
［清］陈同 谈则 钱宜 合评
长生殿［清］洪昇 著［清］吴人 评点
桃花扇［清］孔尚任 著
［清］云亭山人 评点

部分将出书目

（敬请关注）

公羊传	三国志	心经	白居易诗集
穀梁传	水经注	文选	唐诗别裁集
史记	史通	古诗笺	明诗别裁集
汉书	日知录	李白全集	清诗别裁集
后汉书	文史通义	孟浩然诗集	博物志